# 愛する者は憎む

シルビナ・オカンポ／アドルフォ・ビオイ・カサーレス
寺尾隆吉＝訳

幻戯書房

目次

ロゴ・イラスト——丸山有美
装丁——小沼宏之［Gibbon］

愛する者は憎む

# 一

口のなかに残ったヒ素（アーセニカム・アルバム）の粒が、味気なく、それでいて勢いよく溶けていく。左手の仕事机には、美しいボドニ体で印字されたガイウス・ペトロニウス著『サテュリコン』が載っており、右手の盆の上では、繊細な陶磁器と甘味料の小瓶に挟まれてお茶が香っている。何度も読んだせいか、本のページは擦り切れている。中国茶に、薄く割れやすいトースト、アカシアとファボリータとライラックの花から集められた蜂蜜。こんなささやかな楽園で、これから「海の森殺人事件」の話を書いていくことにしよう。

私の見るところ、その第一章の舞台はサリナス行き夜行列車の食堂車。私とテーブルを共にしたのは、友人夫婦――裕福な牧場主で、文学愛好家――と名も知らぬ婦人。私はコンソメに刺激されて旅の目的を事細かに語った。自然との共生を熱心に追い求めて趣味を磨いてきた者たちが新たに見出した保養地、その名も〈海の森〉へ今向かっているのは、快適に効率よく作業に集中できるよう――すなわち自分自身を見出すため――、一人になりたかったからだ。随分前から計画していたのだが、診療所の仕事が忙しく――告白しよう、私はヒポクラテスの同業者だ――、なかなか休暇がとれなかった。友人夫婦は私の率直な語り口に興味を示した。それなりの敬意に値する医者を自認してはいるが――いつも変わらずハーネマンを手本にしている――、映画のシナリオを書くこともあり、時にはそれがうまくいく。先頃、ガウチョ・フィルム株式会社から、現代アルゼンチンを舞台にペトロニウスのドタバタ劇を焼き直すという企画を依頼された。これは、海辺の保養地にしばらく籠って作業するしかない。

我々はそれぞれ客室に戻った。少し経ち、寝台車特有の分厚い毛布にくるまった後も、まだ私の心には理解された者の喜びが漂っていたが、突如として、幸福な気分が不安に掻《か》き乱された。大胆過ぎる振る舞いだったのではないだろうか？　こんなふうに素人夫婦を相手に洗いざらいぶちまけてしまっては、何もアイデアが出なくなってしまうのではないだろうか？　今さらそんなことを考えても無意味だということはすぐにわかった。いつも従順な私の心は、海辺に広がる木立を思い浮かべることで落ち着きを取り戻そうとしたが、無駄な努力だった。松林は明日までお預けなのだ……『ロビンソン・クルーソー』にすがるベタレッジよろしく、私はペトロニウスを手に取り、次のような一節を読んで賞賛の念を新たにした。

我が国の青年たちがこれほど愚かなのは、学校で史実を聞かされるかわりに、鎖を手に岸辺で待ち伏せる海賊とか、親の首を刎《は》ねるという罰を息子に課すための法令を準備する暴君とか、疫病の最中に意見を求められて処女数名の生贄《いけにえ》を命じる予言者とか、そんな話ばかり吹き込まれるからだと思う……

今なお傾聴すべき発言だろう。いったいいつになったら我々は、推理小説やら幻想小説やら、非現実を食い物にする多種多様で貪欲な文学ジャンルと手を切ることができるのだろう？　いったいいつになったら健全なピカレスク文学、その心地よい日常の光景に戻ることができるのだろう？

海の空気が窓から入り込んできた。私は窓を閉めて眠りについた。

## 二

ボーイは言いつけをしっかり守り、朝六時に起こしてくれた。寝る前に注文しておいたミネラルウォーターのハーフボトルに残っていた水で軽く口をゆすぎ、ヒ素を十粒ほど飲んだ後、着替えを済ませて食堂車へ向かった。朝食はフルーツの盛り合わせとカフェオレ二杯（汽車で出される紅茶はセイロンのティーバッグ、これを忘れてはいけない）。前夜夕食を共にした夫婦に、知的財産法の詳細を説明してやれないのが残念だった。サリナス（現在ではコロネル・ファウスティーノ・タンブッシと呼ばれている）のずっと向こうまで行くそうだが、逆症療法調剤の薬品を服用し過ぎたのか、我々が勝手に田舎者の特権だと思い込んでいる朝寝をまだ貪っているらしい。

予定より十九分遅れで、列車は七時二分にサリナスに到着した。誰も荷下ろしを助けてくれなかった。どうやらこの町ですでに起きているたった一人の住民らしい駅長は、玩具のような柳の輪を機関士と取り交わすのに夢中で、時間と荷物に急《せ》かされた一人旅の男など眼中にもなかった。機関士との取引を終えたところで、ようやく駅長は私のほうへ向かってきた。私は根に持つタイプではないし、手で帽子を探りながら鷹揚な笑みで口を丸めて待ち構えたが、彼はそのまま狂人のように貨車のドアと向き合った。ドアを開けて中へ駆け込んだ途端、鳥籠が五つ、けたたましい音を立てながら積み重なるようにしてホームに落ちてくる様子が目に入った。憤慨で息が止まりそうだった。荒っぽい振る舞いを前に、鶏の運搬まで私が快く引き受けてやろうかとさえ思ったが、自分の荷物があんな男の手にかからなくてよかったと考えてやりすごすことにした。

私は素早く裏庭へ向かい、ホテルの車が到着しているか確認した。まだだった。すぐ駅長に訊ねてみようと思って、しばらく探すうちに、待合室に座る彼の姿を見つけた。

「何かお探しで？」彼のほうから言葉を向けてきた。

私は苛立《いらだ》ちを隠すことさえしなかった。

「あなたを探していました」

「それで、ご用件は？」

「海の森にあるセントラル・ホテルの車を待っているのですが」

「私と一緒にいるのがお嫌でなければ、どうぞお掛けください。ここは少なくとも風通しはいいですからね」

彼は時計を見た。「まだ七時十四分だというのに、この暑さです。断言できますが、今日は嵐になりますよ」

駅長はポケットから鼈甲《べっこう》の小刀を取り出して爪の手入れを始めた。ホテルの車がいつ着くのか、訊ねてみると、彼の答えはこうだった。

「私の予想もそこまでは及びませんね」

そしてそのまま爪の手入れに没頭した。

「郵便局はどこですか？」私は問いかけた。

「引き込み線に止められた車両の向こうに、水道ポンプがありますから、右手に見える木と反対のほうへ直角に曲がって、スレイダ邸を通り過ぎたら、パン屋までずっと真っ直ぐいらっしゃい。鉄板の小屋が郵便局です」駅長の両手が空中で進路を辿《たど》っていた。そして彼は付け加えた。「局長が起きていたら懸賞ものですな」

荷物の位置を示したうえで、私が戻るまでホテルの車を絶対に発車させないよう言いくるめ、ぎらつく太陽の下に開けたその迷路へ踏み出した。

# 三

的確な指示——私宛の郵便物はすべてホテルへ転送すること——を伝えられたことで気持ちが落ち着き、私は駅に戻ることにした。水道ポンプの脇に立ち止まり、力を込めて動かしてみると、生温い水がわずかに流れ出てきたので、なんとか喉を潤して頭を濡らした。駅へ着くまでの足取りは覚束なかった。

中庭に古いリッケンバッカーが停車し、鳥籠が積まれていた。この地獄でいったいいつまでホテルの車を待ち続けねばならないのだろう?

待合室へ入っていくと、分厚いジャンパーを着た男と駅長が言葉を交わしていた。男は私に問いを向けてきた。

「ドクトル・ウンベルト・ウベルマンですか？」

私が頷《うなず》くと、駅長が口を挟んだ。

「すぐに荷物をお持ちします」

この言葉を聞いて私は計り知れぬ喜びを味わった。苦もなく私は籠の間に座り、車は海の森へと出発した。最初の五レグアはずっと沼地で、風格のあるリッケンバッカーは気紛れにのろのろと進んだ。『アナバシス』のギリシア人のように私は海を探し求めたが、そんな気配を窺わせる澄んだ空気は感じられなかった。水飲み場にじっと佇《たたず》む羊の群れが、風車から伸びるか細い影に身を隠したつもりになっているようだった。同乗者たちが籠で騒ぎ始めていた。木戸を抜ける前に車が停止すると、羽毛の塵《ちり》が花粉のように舞い散る事態となり、束の間だけ嗅覚を刺激された私は、少年時代、ブルサコの叔父が管理する鳥小屋を両親とともに訪ねた日のことを思い出した。わずか数分のことではあれ、暑さと揺れの真っ只中で、白い陶器のカップに載った茹《ゆ》で卵の鮮やかなイメージに救いの場を求めることができた、などという告白は蛇足だろうか？

ようやく砂丘が連なるところまで辿り着くと、少し先に水色の帯が見えた。「タラッサ！……タラッサ！……」と私は海に呼びかけたが、単なる蜃気楼《しんきろう》だった。四十分後、今度は紫色の広がりが目に入り、私は心の内で叫んだ。《ワイン色の海へ！》そして運転手に言葉を向けた。

「今度こそ間違いなく海ですね」

「紫色の花です」運転手は答えた。

しばらくすると、地面の窪みがなくなってきたように感じられた。運転手は言った。

「急がねばなりません。あと数時間で潮が満ちてきます」

周囲に目をやると、砂地の真ん中に敷かれた板の道をゆっくり進んでいることがわかった。右方向にある砂丘の間から遠い海が現れた。

「それなら、なぜこんなにゆっくり進んでいるのです？」私は訊いた。

「車輪が板から外れたら、我々は車ごと砂に埋もれます」

反対側から車が来たらどうするのだろう、そんなことは考えないようにした。ただでさえ疲れているのに、新たな心配事を抱え込むことはない。海の爽やかな空気さえ感じられず、ささやかな問いを一つ発しただけだった。

「まだかなりあるのですか？」

「いえ」運転手は答えた。「あと八レグアです」

# 四

私は薄闇で目を覚ました。どこにいるのかも、今何時なのかもわからなかった。迷子のように考え込んだ末、ようやくセントラル・ホテルに部屋をとっていたことを思い出した。海の音が聞こえてきた。

明かりを点けると、松材のナイトテーブルに、キロン、ケント、ジャール、アレン、ヘリングなどの著作と並んでストップウォッチが載っており、午後五時だとわかった。重い体で私は着替えを始めた。都会生活の因習で定められた堅苦しいドレスコードを気にしなくていいとは、なんと気の休まることだろう！　しがらみを逃れた私の出で立ちは、タータンチェックのシャツ、フランネルのズボン、粗布のジャケット、柔らかいパナマ帽、黄色い古靴、そして犬の頭を柄にあしらったステッキだった。満足感を取り繕うこともなく頭を下げ、鏡に映る自分の姿を見つめると、いかにも哲学者という広い額が目立ち、公平な第三者の目で、自分の容姿がゲーテのそれとよく似ていることを改めて確かめることができた。私は背が高いほうではなく、婉曲的に言えば華奢《きゃしゃ》で――世界のどこへ行っても、気の持ちようや反応の仕方、思考能力は疲れを知らず、鈍ることがない――、見た目も手触りもよい髪、小さく美しい手、締まった手首、足首、腰回りには密《ひそ》かな誇りを持っている。〈軽薄な旅人〉たるこの足は、寝る時でさえ休みはしない。肌はバラ色の差した白、食欲はいつも旺盛。

初日から海へ出たくてうずうずしていた。

トランクのベルトを緩めた瞬間に私は、いったん頭から消えた記憶をアルバム写真から取り戻すような仕方で、ホテル到着の場面を――初めてだろうか?――まざまざと思い返した。モダンな白い建物が仰々しく砂に嵌《は》め込まれた姿は、海に浮かぶ船か、砂漠に開けたオアシスのようだった。木立はなかったが、それを埋め合わせるように気紛れな緑が点々と広がり――折り重なる蛇のようにタンポポが這《は》い進み、ギョリュウの灌木《かんぼく》があちこちで音を立てていた――、背後に数軒の家と小屋が見えた。

疲労感は消え、歓喜がこみ上げてきた。この私、ドクトル・ウンベルト・ウベルマンは文人の楽園を見出したのだ。ここで独り、二カ月ほど作業を続ければ、ペトロニウスの焼き直しは完成する。そうなれば……ケベードの言う「新たな心、新たな男」。心機一転、別の作者を求める時報の鐘がようやく鳴ったのだろうか。

私は薄暗い廊下をこっそりと進んだ。ホテルの主人一家――私の遠縁――と出くわして、海との接触が先送りになるような事態は望まない。幸い、誰にも見つかることなく外へ出られたので、そのまま砂の上を歩き始めた。実に辛い行程だった。都会生活は気力と体力を削ぐものらしく、最初の衝撃を抜けきらないうちは、田舎のありふれた楽しみが拷問《ごうもん》となって我々を打ちのめす。自然を前に、私は自分の服装の愚かしさを痛感させられた。風に飛ばされぬよう片手で帽子をしっかりと頭に押さえつけ、もう一方の手に持ったステッキを砂に打ちつけて体を支えても、道を刻む板がところどころぐらつくせいで、まったく無駄な努力でしかなかった。靴の中に砂が入り込み、これもまた歩みを妨げた。

ようやく砂地が固くなってきたところで目を上げると、右前方八〇メートルほどの位置に、灰色の帆船が砂地に打ち上げられて傾いていた。甲板から縄梯子《ばしご》が垂れ下がっており、次にここへ散歩に来るときは、梯子を登って船のなかへ入ってみようと思った。波打ち際に近いところで、ギョリュウの茂みの近くにオレンジ色のパラソルが二つ開いていた。海と空が信じられないほど輝く景色を背後に、水着姿の娘が二人、そして、青い上着に船長帽を被ってズボンの裾をまくった男が一人、レンズに収まったようにくっきりと浮かび上がった。

ほかに風除けとなる場所はなく、私はパラソルの背後からギョリュウの茂みへ近づいていくことにした。靴と靴下を脱いで砂浜に身を投げると、本当に気持ちがよかった。とはいえ、ホテルへの帰路を考えると少し気が重くなった。他人と接触したくなかったので——もう一人、パラソルの下に男が隠れていた——、私はペトロニウスを取り出して読書に耽《ふけ》ろうとしたが、こんな不確かな瞬間に読み解くことのできるものといえば、予兆のように鉛色の空を横切るカモメの白い飛行ぐらいだった。

パラソルの下で会話が交わされているという事態は、近くへ来るまでまったく想定外だった。美しい午後にも、読書に集中しようとむなしく足掻《あが》く疲れた男にも、まったく無頓着に全員が話し込んでいた。それまで海のコーラスやカモメの叫び声に紛れていた声が、不快なほど力強く明瞭に届いてきた。女性の声の少なくとも一方に聞き覚えがあるような気がした。

自然な好奇心に駆られて一団のほうを振り向いたが、聞き覚えのある声の主は、パラソルに遮られて見えなかった。もう一人の女性は立ったままで、背が高く金髪、バラ色を湛えた肌が強烈なほど白く（後にドクトル・マニングは「生鮭色」と定義した）、言ってもいいだろうか、大変な美人だった。とはいえ、私の好みからすれば体つきは少々逞《たくま》しすぎ、そこに感じられる密かな獣性のようなものは、私と縁もゆかりもない男たちをきっと惹きつけることだろう。

しばらく会話に聞き耳を立てているうちに、少しずつ彼らの関係がわかってきた。猛烈な音楽マニアらしい金髪娘の名前はエミリア、もう一人の名はメアリーで、著名出版社の依頼で推理小説の翻訳だか校正だかをしている。付き添う二人の男のうち、青い帽子を被ったほうはドクトル・コルネホ、その鷹揚な外見はもとより、海と気象学に関する深い知識も印象的だった。歳は五十ぐらいだろうか、髪はグレー、思慮深そうな目をしているせいで、ロマンチックな顔つきに見えるが、力強さも備えている。もう一人はもっと若く、色黒で、話しぶりが粗野なうえ、〈パリのタンゴ〉のポスターでも思わせるような風貌――黒い直毛の髪、鋭い目、鷲鼻《わし》――をしているが、どうやら、さして頭脳明晰《めいせき》というわけでもないらしい仲間たちのなかでは、ある種の知的権威を認められているらしい。すぐにわかったとおり、名前はエンリケ・アトゥエル、エミリアの恋人だった。

「メアリー、海に入るにはもう遅いよ」アトゥエルは耳に心地よい声で言った。「それに、今日は海が荒れているし、君は体力があるわけでもない」

聞き覚えのある声が陽気に響き渡った。

「私は海に慣れているわ！」

「おバカさんね」優しい調子でエミリアが応じた。「あなたが死ぬか、私たちが怯《おび》えて死ぬか、どちらかになるわよ」

アトゥエルがまた口を挟んだ。

「この潮流では泳げないよ、メアリー。無茶だ」

コルネホが腕時計を見ながら重々しく言った。

「潮が満ち始めているから、危険はない。岸から離れなければ大丈夫、私が請け合う」

アトゥエルがメアリーに向かって言った。

「彼が請け合ったところで、戻れなくなったらどうしようもない。悪いことは言わないからおやめなさい」

「行くわ！」メアリーは陽気に叫んだ。

彼女は飛び跳ね、水泳帽を押さえながら繰り返した。

「私には翼があるのよ！　私には翼があるのよ！」

「どうやら私はお邪魔らしい」アトゥエルは言った。「どうなっても知らないぞ」

「もういいわよ」エミリアが言った。

アトゥエルは無視してその場を離れようとしたが、そこで私の姿に気づき、真面目な表情で視線を向けてきた。私のほうは、メアリーのほっそりした体に目を奪われていたことを告白せねばなるまい。実際に翼が生えていても不思議ではなかった。波が打ち寄せるたびに、万歳でもするように腕を高く上げて振っていた。

《メアリー？　セニョリータ・マリア・グティエレスのことだろうか？》私は考えた。水着姿の女性を見分けるのは難しい……今年の冬、診療所を訪ねてきた娘に、海の森の話をしたことがあるが、あの娘だろうか？　そうだ、きっとそうにちがいない。毛皮のコートに弱々しくくるまっていたあの娘。意地悪に見えることもあれば夢見がちにもなる黒い目。あの額に垂らしたカール。善意を見せつけるような調子で「私たちは心の友ですね」と言い放ったことを思い出した。私と同じく、必要な処方はヒ素。今年の冬、診療所の心地よい長椅子に寝そべっていた病弱な女が、今そこにいて、海で飛び跳ねている。これもまたドクトル・ウベルマン療法の奇跡だ！

不穏な叫び声が聞こえて私は夢見心地から覚めた。泳ぎに自信のある娘は、いとも簡単に岸から遠くへ離れていった。

「見事な泳ぎっぷりだ」心配を振り払うような調子でコルネホが言った。「大丈夫、すぐに戻ってきますよ」

「潮の流れに飲まれただけだわ」エミリアが言った。

別のほうから叫び声が聞こえて私は振り返った。

「戻れないよ！」

アトゥエルが大げさな身振りで近寄ってきた。そしてドクトル・コルネホを睨《にら》みつけ、挑発するような調子で言った。

「お望みどおりになったようですね。もう戻れませんよ」

今こそ口を出すべきだろうと私は思った。事実、保健所のチマラ教授から叩《たた》き込まれたクロールと人命救助のレッスン——なかなか身につかないのが難点だが——を実践するには絶好の機会だった。

「みなさん」私は決然と言った。「誰か水着を貸してくだされば、私が助けに向かいます」

「それは私にお任せください」コルネホは言った。「ですが、まずは、あの子に北東、南東と斜めに進むよう指示してみては……」

アトゥエルが遮った。

「斜めも何もありませんよ！　溺れかけているのですから」

直感的反応なのか、いさかいを見まいとしてのことなのか、私の視線は船のほうへ逸《そ》れ、縄梯子を下りてこちらへ駆けてくる少年の姿が目に入った。

アトゥエルは服を脱ぎ、コルネホと私は海水用ズボンを奪い合った。

子供が叫んでいた。

「エミリア！　エミリア！」

呆然《ぼうぜん》とする我々を尻目に、エミリアは浜辺を駆け出し、メアリーのところまで泳いで、彼女を連れて戻ってきた。

我々は安堵して二人の娘を囲んだ。少し青ざめたメアリーは一段と美しく見え、自然な仕草を取り繕うようにして切り出した。

「みんな、心配性すぎるわ、そう、心配性すぎる」

ドクトル・コルネホが宥《なだ》めるように言った。

「風に煽られた波を正面から受けてはいけませんよ」

少年はまだ泣いていた。メアリーは濡れた美しい両腕で彼をしっかり抱き締めながら慰め、優しい口調で言った。

「私が溺れるとでも思ったの、ミゲル？　私は海の娘で、波と秘密の契りを交わしているのよ」

メアリーは相変わらず優雅な物腰を見せつけていたが、同時に、その態度には、危険に陥ったことも助けてもらったことも認めようとしない泳者に避けがたくつきまとう薄情さと暗い虚栄心が見え隠れしていた。

この挿話をめぐって私に強烈な印象を残したのは少年であり、彼こそ、ホテルのオーナー夫人アンドレアの妹の息子だった。顔つきは気高く、輪郭がしっかり整っていたが、無邪気さと大人びたところが混ざり合っているようで、そこが私には不快だった。

「ドクトル・ウベルマン！」驚いた顔でメアリーが言った。私のことを覚えていたのだ。

我々は打ち解けて話しながら帰路についた。ホテルのほうへ目をやると、途切れ途切れになって歪《ゆが》んだ灰色の雲を背景に、小さな長方形の建物が聳《そび》えていた。子供の頃に公教要理で見た「神の怒り」というタイトルの挿絵を思い出した。

# 五

逆症療法の薬に冒されていない体がなんと見事なまでに従順な反応を示すことか！　冷たいココアの一杯で疲れなど吹っ飛んでしまった。私は気力を取り戻し、これから目の前で始まる人生の浮き沈みに正面から向かっていこうとした。とはいえ、迷いがなかったわけではない。これまでのルーティンを頼みに、今すぐ文学的作業に取り掛かるほうがいいのではないだろうか？　あるいは、休暇初日の午後ぐらい、何もせずに休んだほうがいいだろうか？　私は数秒間恭《うやうや》しくペトロニウスの書を両手で撫《な》で、郷愁の視線を送った後、ナイトテーブルに置いた。

部屋を出る前に、午後の空気を目一杯取り込むために窓を開けようと思った。決然とハンドルを握り、回しながら引っ張ってみた……今度は窓を体全体で押してみた。やはりびくともしなかった。

このおかしな事態を前に、カルロータ叔母さんの名高い奇行を思い出した。ネコチェアの海辺に土地を持っていた彼女は、金属が潮風にやられてダメになるのではないかと恐れるあまり、家には偽の窓しかつけさせず、客がいないときは、蓄音機のハンドルからトイレの鎖まで、ありとあらゆるものを紙で覆った。どうやらこんな潔癖症が、落ちぶれた遠縁に至るまで、一族の隅々に浸透しているらしい。だが、私はいざとなれば大工道具を使ってでも窓を開けさせて、淀《よど》んだ空気の入れ換えをする覚悟だった。頭痛がし始めていたのだ。

ホテルのオーナー夫妻と話をつけねばならない。闇に包まれた廊下の空気は部屋の空気と同様に重く、手探りで進むうちに、灰色のセメント階段に辿り着いた。下りるべきか上るべきか迷ったが、最初の衝動に従って下りてみることにした。空気はさらに重苦しくなり、私は驚くべき地下室に踏み込んだ。ホールのようなスペースにカウンターと鍵用の棚が据えられ、ガラス扉の向こうの部屋には、食料とワインの瓶と掃除用具が積まれていた。壁の一面は大きなフレスコ画になっており、そこに描かれた景色は不思議な悲痛さを見せつけていた。棕櫚に飾られた部屋の大窓が開け広げられ、太陽が燦々《さんさん》と降り注ぐなか、小柄な小間使いのような子供が軽くうなだれる脇で、ベッドに横たわって少女が死んでいる。誰がこんな絵を描いたのか、不思議だった。少女の顔は天使のように美しく輝き、少年の顔は知性と苦悩に溢れていたが、どちらも造形技の成果には見えなかった。もちろん、人生の妨げにならないあらゆる文化的営為に関心があるとはいえ、私は芸術批評家ではないし、単なる誤解かもしれない。ガラス扉を開けようとしたが、鍵がかかっていた……そこで叫び声が聞こえた。別の階から届いてくるようだった。抑えがたい好奇心に衝《つ》き動かされて私は階段を上がり、息を切らせて踊り場で立ち止まった。左手、廊下の奥のほうから叫び声が聞こえ、私はそっと進んでいった。形の定まらない何かが素早く私の前に現れ、腕に触れた。猫の亡霊に不意を突かれたような衝撃で私は震え、遠ざかる影に目を凝らした。踊り場の光は不確かだったが、それでも私にはわかった。小さな野次馬の正体はミゲル、午後に浜辺で姿を見ていた少年だった！　次に会ったら諭してやるとしよう。私は廊下の反対の端にある部屋へ向かったが、話し声が否応なく耳に届いてきた。不本意ながら耳を傾けると、浜辺で聞いた声だった。エミリアとメアリーが激しく罵り合っており、私は呆然《ぼうぜん》とした。それ以上はほとんど何もわからなかった。すぐにその場を離れたが、後味の悪い不快感が胸に残った。

相変わらず閉ざされたままの部屋へ戻って薬箱を開けると、きらきら輝く白ラベルや黒と緑のチューブの間から新品の紙を取り出し、ヒ素を十粒載せて飲んだ。夕食まであとちょうど十五分だった。

## 六

食欲も十分に旺盛だった。夕食時間まであと五分、銅鑼《どら》の音に不意を突かれる事態は望まないし、そろそろ食堂へ出向いてもいい頃だろうと思った。私の親戚でもあるオーナー夫妻は、ナプキンとパンの籠をせっせとテーブルに配置していた。単刀直入に窓の件を訊いてみることにした。二人は随分前から私に金を借りており、今回はホテル代の支払いを免除されていたが、だからといって恩を着せられる覚えはない。血色が悪いうえ、若いのに白髪だらけの我が親戚たちは、疲れた大きな目を泳がせながら冷静に、ほとんどうっとりとした表情で話を聞いていたが、今すぐ窓の封鎖を解いてほしいという要望に対しては、恭しく黙っているだけだった。妻のアンドレアがそこで口を挟んだ。

「言ったでしょう、エステバン、私たちはこのまま砂に埋もれるのよ。どこへ行っても砂ばかり、きりがないわ」

エステバンは俄《にわ》かに活気づいた。

「そんなことはないさ、アンドレア、南側には蟹がいる。去年の十月二十三日、いや、二十四日だったかな、薬剤師の馬が藪《やぶ》に踏み込んで、我々の目の前で泥に沈んだじゃないか」

「私にはクラロメコーのあの土地がよかったのに」あさましいまでの恨み節でアンドレアは続けた。「でも、エステバンたら、話を聞こうともしないんだから。それで、このとおり、このホテルは維持費ばかりかかって、おかげで借金が増えるばかり」

アンドレアは若く健康的で、よく動く目をしており、顔つきも悪くはなかったが、愛嬌はなかった。果てしない怨念が、入念なまでに攻撃的な優しさとなって表出していた。

　エステバンは言った。

「我々がやってきた頃、ここには何もなかった。板張りの小屋、海、砂、それだけだった。でも、今はこのホテルがあり、ホテル・ニュー・オステンデも、薬局もある。やっとギョリュウの木立も育ち始めた。確かに、今シーズンはぱっとしないけれど、去年は満室だった。少しずつ進歩しているんだ」

「うまく話が伝わらなかったようですね」私は皮肉を込めて言った。「私は窓を開けてほしいだけです」

「無理です」刺々しいほど落ち着いてアンドレアが言い放った。「エステバンに訊いてみてください。いったいどこが進歩なのか。二年前、フロントは一階にあったのに、今やそれが地下室になっているのですよ。ずっと砂が降り積もっていくばかりで、窓を開けたりしたら、建物全体が砂に埋まります」

　窓の一件はどうにもならなかった。私は諦めのいいほうで、少なくとも表面上は恨みを見せたりしない。話題を換えようと私は、浜辺に打ち上げられた帆船について二人に問いを向け、午後の散歩中に見たあの船について、わかることが何かあれば教えてほしいと頼んだ。エステバンが口を開いた。

「ヨーゼフK号ですね。ある晩、波に打ち上げられたんです。我々がここへ着いた頃には、別の船が打ち上げられていたのですが、ある時、嵐が来て、夜明けとともに消え去りました」

「甥《おい》は」アンドレアが言い添えた。「ずっとあの船で遊んでいます。なぜ退屈しないのか不思議です。あんなところに一日中一人でいて、いったい何をしているのやら」

「私に言わせれば不思議でもなんでもありません」エステバンが応じた。「あの船を見ていると私も童心に返ります」

銅鑼の音で会話が途切れた。肥満体の老婆が無邪気な笑みを浮かべて一生懸命叩いていた。タイピストだという話だった。

すぐに人が集まってきた。長すぎるテーブルの端に全員が固まって座った。一人だけまだ顔を合わせていなかったドクトル・マニングとは、この時初めて会った。小柄で、皺《しわ》だらけの赤ら顔をして、まったく無口だった。漁師の格好をしており、ずっとパイプを口にくわえているせいで、体中灰だらけだった。

一つだけ席が空いていた。エミリアが来ていなかった。

家政婦とともにアンドレアが給仕を務め、エステバンは物臭に食事をよそっていた。客たちがグリーンピースのスープを飲み終えたところで、彼は妙に穏やかに立ち上がり、ラジオのところまで行った。眼鏡をかけてダイヤルを動かし、ボレロで我々の耳をつんざいた。

私は何度も叱責と戒めの視線をミゲル少年に送ったが、彼は私の目を避け、メアリーに興味を引かれているような素振りを見せていた。ドクトル・コルネホもメアリーに視線を送っていた。

「なんと美しい指輪だ！」コルネホは大声を出し、自信に満ちた素振りで娘の手をとった。「それに十四金のブレスレット、ルビーも素晴らしい」

「ええ、悪くない宝石です」メアリーは答えた。「母の遺品です。有り金すべて宝石につぎ込むようなタイプでした。

最初はメアリーの宝石がいかがわしく思えたことを告白せねばなるまい。現代の模造品と最高級のアンティーク宝石はどこか似ているのが常で――宝石の色、複雑な嵌め込み、何かを象徴するデザイン――、専門家でなければ区別がつかない。我が親戚のオーナー夫人は何も疑っていないようで、物欲しそうな目を輝かせていた。

ラジオの音がうるさく、私は過剰に声を上げてメアリーに問いを向け、最近何か面白い本を読んだか訊いてみた。

「あら！」彼女は答えた。「私が読むのは自分が翻訳する本だけです。なかなかのラインアップですよ」

「そんなに働き者だったとは」私は言った。

「信じられないとおっしゃるのなら、どうぞ部屋へいらしてください」諧謔《かいぎゃく》的な調子でメアリーは言った。「私が翻訳した本がすべて揃っています。どういうわけか、いつも手元に置いていないと気がすまないのです。愛着がありますから！……翻訳の草稿も下書きも、みんな保管してあります！」

メインディッシュ――私の好みには少し柔らかすぎる鶏肉――を食べ始めたところで、エミリアが現れた。

泣いてでもいたように目が充血して光っており、泣いていた者の常で、もったいぶって、こそこそ人と距離をとった。テーブル中に居心地の悪さが広がり、誰もがなんとかその場を取り繕おうと努力したが、効果はなかった。メアリーが一同に問いを向けた。

「ラジオを消してもいいかしら？」

「そのほうが落ち着きます」私は丁寧な口調で言った。

沈黙が広がって安堵したが、それも長続きはしなかった。音楽が途切れて避難場所がなくなると、哀れなエミリアからも、テーブルを支配する気まずさからも、誰も目を背けることができなくなった。エミリアの心中でいかなる密かな敵意が燃え盛っているのだろう？　女の涙に関する試論はまだ不足しており、慈愛の表現かと思われたものが憎悪の裏返しだったということもあれば、自分のことにしか心を動かされない女の目から真摯《しんし》な涙が流れることもある。

ドクトル・コルネホが上機嫌を見せつけて会話を盛り上げようとした。ナプキンの上にフォークを置いて図を作り、南大西洋沿岸における潮の満ち引きを詳しく説明してみせた。さらに、警戒心を強めるオーナー夫妻を尻目に、この地域の砂浜に堤防を二つ建設するという現実離れした計画まで披露した。そうかと思えば、今度は蟹の巣となっている泥地について解説を始め、こういう場所に落ちたらどうすればいいか、生々しく実演して見せた。

ようやく一同がエミリアのことを忘れ始めたところで、メアリーが口を挟んだ。

「ああ、シラクサのルチアが心配だわ！　砂のせいで、エミリアの目が泣いたみたいになって」そのまま彼女は妹に言葉を向けた。「後で私の部屋に寄ってくれれば、目薬を貸してあげるわ」

妹の涙を取り繕うメアリーの繊細な気遣いはあっぱれだったが、エミリアは返事もしなかった。

それでも、メアリーは万事に気を配っていた。

ごく平凡な人々と違って、彼女は本職の医師を前にして処方――たとえアクア・フォンティス数滴であれ――を口にすることの無礼をわきまえており、持ち前の洗練を発揮して声高らかに言った。

「あら、私ったら、お医者さんが目の前にいるというのに！　よろしければ診てやっていただけませんか？」

私は眼鏡をかけてエミリアをじっと見つめ、丁寧に訊いた。

「読書の後、頭痛がすることはありますか？　このかわいい目が火の玉のように熱くなることがありますか？　飛んでもいない蝿が見えたりはしませんか？　夜、明かりの周りに緑の輪が見えたりしませんか？　空気に触れて目がしみることは？」

エミリアが黙っているので、肯定の返事と理解することにして、すぐに診断を下した。

「ルタ・フォエティダ一〇〇〇、朝、起床時に十粒。薬箱に数本入っていますので、よろしければ一本差し上げます」

「お心遣いには感謝しますが、先生、なくても大丈夫だと思います」エミリアは答えた。

どうやら私の意図を察しなかったようで、彼女は言葉を続けた。

「砂のせいで泣いているのではありません」

この言葉を聞いて一同は不安を覚えた。

不屈の意志を備えたドクトル・コルネホが口を挟んだ。

「もう二十年も前から海辺でバカンスを過ごしていますが、かつては八年続けてケケンを訪れました。そんな私だから言えることですが、みなさん、ここの砂浜ほど、砂の移動の研究にとって魅力的な地はほかにありません」

続けて彼はクロスに図を書き始め、砂丘を固定するための庭園建設計画について説明を始めた。フォークの決然とした動きを見て、オーナー夫人は身震いした。

デザートの葡萄《ぶどう》を食べた後、ドクトル・マニングは離れたテーブルに一人で移動した。しばらく周囲の様子を窺っていたが、やがてポケットから小さなトランプを取り出し、ソリティアに熱中し始めた。

「音楽も聴かないで一日を終えるのは嫌だわ」メアリーが言って、妙な目つきで妹を見つめた。

「ラジオを点けましょうか?」アトゥエルが訊いた。

「とんでもない。ここに音楽家がいるというのに」メアリーが言って、またもや豊かな感性を見せつけた。

そのまま妹に近寄り、腕をとりながら、優しく顔をしかめて言った。「何か弾いてよ、エミリア」

妹は答えた。

「そんな気分じゃないわ」

「いいじゃないか、エミリア」恋人が彼女を諭した。「みんな聴きたがっているようだし」

これは私も口を出していいタイミングだろうと思って、ゆっくりと言ってみた。

「我々にとっては身に余る栄誉です、セニョリータ」

ようやくエミリアは折れ、あからさまに不機嫌な態度のままピアノへ近寄っていったところで、メアリーに呼び止められた。

「エミリア、リストの『忘れられたワルツ』を弾いて」

エミリアは強張った目でメアリーを見据えた。その空色の澄んだ目には、冷たい憎しみが巣食っているように思われた。すぐにエミリアの表情は緩んだ。

「そんな陽気な曲を弾く気にはならないわ」無関心に彼女は言った。「ドビュッシーの『月の光』のほうがいい」

「『月の光』はあなたの感性に合わないわ。手は曲を弾いていても、心がこもっていないのよ。ワルツがいいわ、エミリア、ワルツ」

「ワルツ！」私は控え目に声を上げた。

音楽通を気取るつもりはないが、この場合はメアリーの肩を持つほうがいいと私は思った。

ここでアトゥエルが口を挟んだ。

「かわいそうに、エミリア、弾きたい曲を弾かせてもらえないなんて」

私に向けられた不当なあてつけだったが、無視することにした。エミリアが目に涙を浮かべてアトゥエルを見つめていることがわかった。

譲歩しないメアリーを前に、エミリアは肩をすくめ、ピアノの前に座って数秒じっと考え込んだ後、演奏を始めた。実のところ、メアリーの評価は妥当であり、エミリアは技術を備えてはいても心が欠けているらしく、演奏はある程度まで正確であっても、曲自体を覚えていない、まだ極め尽くしていないとでもいうように、痛ましいほどのためらいが耳についた。全員拍手し、メアリーが優しく妹の頬にキスする光景を見て私はほろりとした。そして彼女は大声で言った。

「アドリアナ・スクレもこの曲を見事に演奏していたわ！」

後味の悪さを振り払おうとでもするように、エミリアは『憂鬱なワルツ』の透明なコードに冷めた熱意をぶつけたが、聴いていたのはタイピストの老婆だけだった。むしろ我々が興味を引かれたのは、音楽のおかげでメアリーが思い起こした少女時代の美しい逸話の数々だった。この時メアリーが我々に向かって語り聞かせた二人の略歴――彼女自身の生き様は寛容と崇高そのもので、エミリアのほうは、やや皮肉な部分はあれ、やはり慈愛に満ちていた――は、私に言わせれば、ジャンルこそ違え、リストの芸術作品にも比肩した。

エミリアが演奏を終えると、メアリーが声を上げた。

「母がいつもあなたを特別にかわいがっていたという話を皆さんにお聞かせしたのよ。あなたの恋人が訪ねてきたりすると、母はピアノの先生に演奏をお願いして、あなたが弾いているように見せかけていたわ。今日の『忘れられたワルツ』にも、同じ手を使えばよかったかもね」

「そうかも」エミリアは答えた。「でも、私は最初から嫌だと言ったじゃないの。それに、なぜそんなにいちいち私に突っかかってくるの？」

メアリーは悲痛な叫びを上げて泣き出した。

「ひどい！　あなた、ひどすぎるわ！」

アトゥエルがエミリアに向かって言った。

「確かに。君はひどい」

我々に囲まれて（ドクトル・マニングだけは陰気な顔でひたすらソリティアに負け続けていた）メアリーは、子供のように、（ドクトル・コルネホに言わせれば）お姫様のように泣いた。これほど美しい姿で悲しむ彼女の姿を見ているうちに、私は――身勝手な話だが――自分に優しさがあることを確かめられた。誰もがメアリーに目を奪われ、エミリアが立ち去る様子を見た者はいなかった。いや、指人形の劇でも見るようにおとなしく我々の様子を見つめていた幼いミゲルだけは見ていたかもしれない。

すでに私も気づき始めていたとおり、ドクトル・コルネホは他人の問題にいちいち口を出すお節介男であり、この時は、誰かエミリアを探しにいったほうがいいと言い出した。

「いえ」アトゥエルが現実離れした良識を発揮して言った。「ヒステリックになった女は独りにしておくほうがいいでしょう。違いますか、先生？」

私は賛成した。

外では数匹の犬が交互に咆哮《ほうこう》を上げており、タイピスト役の老婆が窓に近寄った。そして表情のない笑みを浮かべて大声を上げた。

「なんて夜かしら！　犬たちときたら！　祖父が亡くなった時もこんなふうに吠えていたわ。あの時も、ここと同じくらい美しい保養地に滞在中だった」

彼女はまだ音楽でも聴いているように頭を動かしていた。

突如、いくつもの咆哮が一つの大きな咆哮に掻き消された。まるで、途方もなく大きな一匹の犬が、地上のありとあらゆる痛みを人気のない砂浜に向けて嘆いているようだった。風が強くなっていた。

「嵐になるな。ドアと窓を閉めないと」オーナーが言った。

雨粒のようなものが壁を打ちつけた。

「ここは砂の雨が降るのよ」オーナー夫人が言って、すぐに付け加えた。「生き埋めにならないうちに……」

肥満体の老タイピストが機敏な動きで窓を閉め、我々に笑顔を見せながら繰り返した。

「今夜は何か起こるわ！　今夜は何かが起こる！」

こんな無意味な言葉がメアリーの過敏な心を動揺させたらしい。

「エミリアはどこ？」恨みはすべて忘れて彼女は言った。「誰か探しに行って」

「ここで無視したら、デリカシーに欠けると言われそうですね」アトゥエルが言った。「ドクトル・コルネホ、ご一緒していただけますか……」

外で切羽詰まった唸りを上げる風と、静かなランプを囲む我々を窒息させそうな室内の薄い不動の空気は好対照だった。

待ち時間が果てしなく長かった。

やっと男二人が戻ってきた。

「建物を隈《くま》なく探したのですが」コルネホがきっぱりと言った。「姿が見当たりません」

またメアリーが激しく泣き出した。みんなで手分けして探すことにして、各自、部屋へ上着を取りにいった。私は、毛糸の帽子、チェックのコート、分厚い手袋を身に着け、首にスコットランド風のマフラーを巻いた。懐中電灯も忘れなかった。

部屋を出ようとしたところで薬箱に目が留まり、ルタ・フォエティダの小瓶を手に取った。世慣れた者の咄嗟《とっさ》の思いつきだ。

「これをどうぞ」食堂へ戻ってメアリーに薬を差し出した。「明日妹さんに渡してください」

この慰めの言葉は効果てきめんで、それどころか、効きすぎたとさえ言えるほどだったらしく、数分後、ホテルの出口へ向かいながら彼女の様子を窺うと、白い壁を背景に、二人の影、アトゥエルとメアリーがキスしていた。言い添えておくと、情熱的に求めていたのはメアリーのほうで、アトゥエルはむしろ嫌がっていた。

《我々が神々に口づけされた骨格でなくて何だろう？》私は呟《つぶや》き、重い気持ちで歩き続けた。薄闇で叫び声がした。子供だった。私とぶつかったのだ。子供は一瞬だけ私を見つめ——何の表情だったのだろう？　軽蔑か憎しみ、それとも、恐怖だろうか？——、そのまま逃げ去った。

男四人がかりでようやくなんとかドアを開けることができた。夜の屋外へ出てみると、風に薙《な》ぎ倒されそうで、砂の礫《つぶて》を顔に浴びて、目も開けられなかった。

「すぐには収まりませんよ」オーナーは言った。

我々は迷子の娘を探しに出掛けた。

# 七

翌朝、メアリーが死体となって見つかった。八時前、私は不穏な物音に起こされ、耳を澄ますと、アンドレアが私に助けを求めていた。明かりを点けてベッドから素早く飛び起き、しっかりした手つきでヒ素十粒を紙にのせてそのまま口に放り込んだ。紫色のローブに身を包んでドアを開けると、アンドレアの目には涙が浮かび、今にも私の腕に飛び込んできそうだった。私は決然と両手をローブのポケットに突っ込んだ。

事の次第はすぐにわかった。私の前に立って廊下を歩きながらアンドレアは話し始め、姉の部屋に立ち寄ったエミリアが死体を発見したいきさつを説明した。嗚咽《おえつ》と悲鳴が深く絡み合う彼女の語りから、なんとか私は情報を繋ぎ合わせた。

陰鬱な予感に囚われた。念願の休暇中は文学に精を出す予定だったのに。《さらば、ペトロニウス》私は呟き、悲劇の現場に踏み込んだ。

第一印象は甘美とさえ言えるほどだった。積まれた本の前でランプの灯りに頭を照らされたエミリアが静かに泣き続け、その美しい顔に私は、それまで気づかなかった落ち着きを見出したような気がした。テーブルの上に手稿とゲラが積まれ、温かい親近感に胸をくすぐられた。ベッドに横たわるメアリーは、ぱっと見たところでは静かに眠っているようだった。注意深く観察すると、ストリキニーネの毒による症状があちこちに見つかった。

希望が嗚咽するような声でエミリアが問いを向けてきた。

「癲癇《てんかん》の発作でしょうか？」

頷いて見せたいところだったが、私は沈黙で答えた。

「失神ですか？」アンドレアが口を挟んだ。

アトゥエルが部屋に入ってきた。親戚のエステバン、老タイピスト、マニングとコルネホも含め、全員がドアの前に殺到していた。

私の見るところ、死後二時間と経過していないはずだった。アンドレアに向かって私は言った。

「毒にやられたようです」

「私は、お出しする食事には十分気をつけています」アンドレアは憤慨して言った。「食べ物が原因ならみんな……」

「食事が原因ではなく、服毒、という意味です」

ドクトル・コルネホが部屋へ入り込み、両手を広げて強い口調で言った。

「しかし、先生、いったい何をおっしゃりたいのです？　エミリアお嬢さんの前で、なんてことを……？」

私は眼鏡をかけ直し、静かな軽蔑を込めてドクトル・コルネホを見据えた。わざとらしい慇懃《いんぎん》さは口を挟むための口実にすぎず、その態度は苛立たしかった。動作には大げさな興奮が見えるのに、息遣いはスポーツ選手のようだった。部屋の空気が薄くなっていた。

私は素っ気なく言った。

「選択肢は単純です。自殺か他殺」

私の言葉が重く響いた。

私は続けた。

「とはいえ、断じて私が死亡診断書を書くわけにはいきません……自殺で処理したいというのなら、皆さんで他の医者を探して説得してください」

あっさり説得に応じてもいいところではあったが、それを許さぬほど私の言葉は熱を帯びていた。コルネホへの嫌がらせが爽快だったうえ、「皆さん」と複数形を用いることで、その場にいる全員に嫌疑をかけることができて、それもまた爽快だった。

「ドクトル・ウベルマンのおっしゃるとおりだと思います」アトゥエルが口を挟み、彼とメアリーの残像が私の脳裏に蘇ったが、彼はそのまま続けていた。「毎朝飲んでいた錠剤の瓶がそこに残っていて、蓋が床に落ちています……そこに毒が仕込まれていたとすれば、これは犯罪です」

これがとどめの一言であり、もはや警察を呼ばないわけにはいかなかった。これから先はしっかり自分の衝動を抑えねばなるまい、私は内心そう思った。

ドクトル・コルネホが口を開いた。

「お互い紳士なのですから、率直に言わせていただきます。私にはそのような結論は受け入れられません」

悲痛な叫び声が一直線に届いてきて、私の思考は打ち切られた。あたふたと遠ざかっていく足音が聞こえた。

「いったい何ですか？」私は訊いた。

「ミゲルです」何人かが答えた。

この場違いな振る舞いこそ、死という決定的奇跡を前に卑屈でさもしい言行に終始していた我々全員に向けられた叱責なのではないか、私はそんなことを思った。

# 八

嵐は収まっており、我々はリッケンバッカーをサリナスへ送った。

午前中はエミリアとアトゥエルが遺体に付き添い、残りの宿泊客は交代で控え目に悲しい務めを果たした。アンドレアはほとんど部屋に姿を見せず、自分のホテルで客が亡くなったという事態に打ちのめされていた。これから警察を迎え入れ、捜査に立ち会う、それがどういうことなのか理解できず、とても受け入れられない様子だった。アトゥエルとエミリアの前でさえ配慮を忘れ、恨み節を取り繕うこともなく死者の話を口にした。

私は十一時ちょうどにキッチンへ向かい、毎日飲むことにしているスープとトーストを準備するようアンドレアに頼んだ。彼女の姿は不快で、顔が真っ青なうえ、顎が震えて今にも泣き出しそうだった。辛うじて苛立ちを抑えながら、これではなかなかスープにありつけまいと私は思った。準備ができるまで言葉をかけたりしないほうがよさそうだった。

欠点の多い女であることは否定できないが、それでも料理の腕はなかなかのものだった。事実、診療所でコリエンテス出身の小男二人が作るスープよりおそらく美味なスープを運んできた。

トレーを前に、大工の使う腰掛けに跨《また》って、私はしぶしぶアンドレアの話に耳を傾けた。

「ミゲルのことが心配なの」良識と公正を二人で独占しようとでもするような調子で彼女は話し出した。「あの女たちときたら、子供の前で何の憚《はばか》りもなく喧嘩《けんか》したり男といちゃついたりするのよ」

タイピストの老婆が蠅叩きを手に素早く通り過ぎた。少し前から壁や家具をぴしゃぴしゃ叩く音がしていたことに、この時初めて気がついた。嵐のために窓を開けることができず、屋内は蠅だらけで、空気が淀んでいた。

「その女たちの一人が亡くなったことをお忘れじゃありませんか」我々の会話を追っていた老婆は言った。

スープが賞賛に値するばかりか、トーストも美味だった。

「それがとどめよ。心配だわ、ウンベルト。ミゲルは辛い幼年期を過ごしたうえ、貧血気味で、発育も遅れているの。あの歳にしては小さすぎるし、いつもぼんやりしている。兄は、海のそばにいれば元気になると言うのだけれど……部屋で泣いているわ。見にいってあげてくれないかしら？」

死んだ娘に対する彼女のつれない態度を見ても、私には意外ではなく、むしろ、少年をめぐる発言の的確さが気を引いた。第一印象は、一生消えない響きを人の心に残すものだ。その響きが忌まわしいものにならないよう努めるのが、我々人間の責務だろう。とはいえ、エミリアとメアリーのひそひそ話に聞き耳を立てるミゲルの様子が醜かったことも忘れるべきではあるまい。

私はアンドレアとともに建物の奥へ進み、ミゲルのベッドが置かれたトランク部屋へ向かった。手探りで電気のスイッチを探ったが、無駄な努力で、アンドレアがマッチを擦った。そのまま彼女は、トランクの上に置かれた空色の燭台にまだ残っていた蠟燭《ろうそく》に火を点した。

少年の姿はなかった。

壁には、一部リーグ所属の西部鉄道サッカーチームを撮影した「エル・グラフィコ」紙の切り抜きが画鋲で留められていた。別のトランクに新聞がデスクマットのように広げられ、その上には、空になったポマードの小瓶、櫛《くし》、歯ブラシ、そして煙草〈バリレテ〉が一摑《つか》み載っていた。ベッドは乱れたままだった。

九

あやうくアンドレアのミゲル探しに巻き込まれそうになったが、私は何とか逃れおおせた。あの時メアリーの部屋へ向かっていなければ、タイピスト――祭壇から蠅を追い払う熱心な女神ミュスカリウスの化身――が取り返しのつかないヘマをやらかしていたところだった。テーブルに散らかった原槁をまとめ始めていたばかりか、ナイトテーブルの上まで片づけようとしていたのだ。

「手を触れないで！」私は大声を出した。「指紋が判別できなくなります」

私は厳しい目でコルネホとアトゥエルを睨みつけた。アトゥエルは悪意を笑みで取り繕っているような気がした。

私の言葉を聞いてもタイピストは動じず、蠅叩きを手に、目に陽気な予言者の笑みを浮かべて高らかに言い放った。「言ったでしょう、きっと何かが起こる、って」そして壁を叩きながら足早に立ち去っていった。

昼食の銅鑼が鳴ったが、エミリアは行かないと言った。自分がここに残ると言い張るコルネホは、親切というより不作法に振る舞っていた。

「お察しします、エミリアさん。とはいえ、いいですか、こんな無残な事件に責任を感じるのは我々も同じです……神経をすり減らしておられることでしょう。何かお召しあがりなさい。もはや我々は小さな家族も同然なのです。最年長の私が喜んでお姉様に付き添います」

女一人にだけ優しく振る舞って周りを顧みない、典型的な偽善的親切心だった。私まで巻き込もうというのか？　このままでは、私まで〈泣き女〉の役を買って出て、昼食を抜かねばならなくなってしまう。だが、コルネホが自ら示唆したとおり、エミリアは姉の死に責任を感じているにちがいないのだから、役人や警察が来る前に二人きりで過ごしたいと思うのは当然ではないか。

アトゥエルがエミリアに近寄り、彼女の腕を撫でながら、父親のような調子で言葉をかけた。

「どっちでもいいよ、エミリア。昼食に行くのなら、当然僕がここに残る。ここにいたいのなら、僕が一緒にいたほうがいいか、独りになりたいか、言ってくれればいい。任せるよ」

《男の流儀か》私は思った。タンゴ雑誌「歌う魂」さながらの流儀が鼻についた。

エミリアはここに残ると言い張った。男とてやはり女から生まれた子供であり、女性らしい心の崇高な発露を前に、私は崇拝と感謝を視線に込めて彼女を見つめた。だが、部屋を出ようとしたところで私は、エミリアがこんな苦悩の最中にもしっかり服を着替えて身だしなみに気を遣っていることに気がついた。

ナイフ、フォークの音と蝿の羽音が不思議なほど昼食の場を支配していた。ほとんど話し声は聞こえず、マニングが雄弁に見えたほどだった……

恐ろしいことに、「小さな家族」が互いに不信の目を向け合っていた。

ミゲルのことを気にしているのはアンドレアだけだった。昼食を終えたところで、彼女は私の腕をとって言った。

「見つからないのよ。船で泣いているのかしら。砂浜か泥地にいるのかしら。もう少し探してみるわ。何かあったら知らせるから」

なぜ私に知らせようとするのだろう？　心配を見せつけるわざとらしい母性の共犯にされるのは嫌だった。

十

エミリアと一緒にいると、思いのほか心が安らぎ、彼女のほうでも私を嫌がってはいないのだと思いたくなる。

海底に沈んだ船、もっと正確に言えば、航行不能になった潜水艦のようなこの建物に閉じ込められていると、息苦しいほど空気が薄くなっているような気がしてくる。どこにいても居心地が悪く、死者の部屋にいても同様ならば、エミリアに寄り添っているほうがいい。

この建物内では時間の進行も異常で、瞬く間に時が過ぎることもあれば、まったく進まないこともあり、メアリーの部屋に入る前に時計を見ると、もう五時頃だろうと思っていたのに、まだ午後二時だった。

部屋にいたのは二人だけで、エミリアは私に、メアリーと親しかったのか訊いてきた。

「いえ」私は答えた。「医者と患者、それだけの関係です。診療所にいらしたのも二、三度だけです」そして優しい嘘を言い添えた。「一度、あなたの話題が出たように思います」

「とても仲良しでした」エミリアは言った。「メアリーはいつも優しくて……母が亡くなってからは、その役回りを引き受けていました。これで私は独りぼっちです」

「アトゥエルがいるではありませんか」偽善の言葉だった。

意に反して、私の脳裏には、昨夜のあの場面、メアリーが彼にキスする姿が蘇《よみがえ》った。

「私と同じくらい悲しんでいることでしょう」エミリアは言って、高貴な光で顔を輝かせた。「三人仲良しでしたから」

私は大きな不安に囚われた。

「もうすぐ結婚ですか？」単なる好奇心から私は問いを向けた。

「ええ、そのつもりです。でも、こんな事態になって……今はメアリーのことだけを考えていたいです。子供の頃、トレス・アロージョスで過ごした時のことを思い出しながら」

経験上わかっていたとおり、普段は教養に欠けて話し下手な人ほど、苦悩にとりつかれると悲痛な言葉を発するものだ。博識なウンベルト・ウベルマンは似たような状況でどんな振る舞いに出るだろうか、そんなことを考えた。

　エミリアは続けた。

「もうすぐ警察が来るでしょうが、悪いことに、私は真実を知りたいとは思いません」涙が頰を伝った。「こんなことになった後では、メアリーに対する深い愛情しか湧いてきません。死後解剖なんて事態にはとても耐えられません」

　思慮に欠ける考えだと思って、私は率直に言った。

「遅かれ早かれ死体は朽ち果てていくものですが、誰も真実に無関心ではいられませんよ、エミリアさん。それに、メアリーさんはあなたの記憶のなかで生きているのですから、それを取り上げることは誰にもできません」

　タイピストが萎れたマーガレットの花束を手に部屋へ入り、ベッドの足元に置いた。

「ホテルにはこれしか花がないわ」彼女は言った。

　老婆は立ち去り、エミリアは「ありがとう」と呟いたかもしれない。二人の会話は途切れた。

　沈黙を破るためだけに私は問いを向けた。

「昨夜、建物を出て、どちらへいらしたのですか？」

「この近くです」神経質に彼女は答え、たどたどしい調子で付け加えた。「建物の壁に寄りかかって座っていました。風のせいで遠くへは行けず、すぐに戻ってきました。アンドレアが開けてくれたのですが、皆さんお出かけになっていました」

少し動いただけで椅子が軋《きし》んだ。体が俄かに敏感になっていたせいで、必然的に絶えず体が動き、溜め息、くしゃみ、咳《せき》が漏れた。

この時ばかりはアンドレアもタイミングを外さず、ドアのところに現れて私に声を掛けた。ミゲルが戻ってきたのだ。

## 十一

蠟燭の覚束ない明かりに照らされて、ミゲルの黄ばんだ肌、鋭い視線、そしてネズミ顔が目の前に現れた。即座に私の心に刻みつけられた感覚は強烈かつ不快であり、冷静さを失ってしまいそうだった。トランク部屋の薄明りに身を潜めたミゲルは、決然と自分の秘密を守ろうとしているように見えた。想像力が過敏になっていて、私の脳内では、檻《おり》に入れられた獰猛《どうもう》な小動物のイメージが去来した。

子供はじっと私の目を見つめていた。反射的に私はその執拗な表情を避け、落ち着きを誇示するようにして、トランク、ナイトテーブル、ぼろぼろの簡易ベッド、壁を次々と見やった。サッカーチームの写真に目が留まったところで、素晴らしいことを思いついた。

「どうやら君も、西部鉄道チームの大ファンのようだね」

ミゲルの顔に喜びは微塵《みじん》も現れなかった。

「キルメスのスポーツ・クラブに行ったことはあるかい？」私は続けた。「エリセオ・ブラウンのシュートで柵が壊れたところが一箇所あるんだ」

今度はミゲルの顔に笑みが浮かんだ。だが、サッカーの歴史に関する私の知識はこれがすべてだった。次の発言では、うまく話題を切り上げつつ、巧みに攻撃に移らねばならない。

「午後中いったいどこへ行っていたんだい？」何気なく私は問いを向けた。「君は嵐をも恐れないようだね」

私は打ち捨てられた帆船のことを思い出し、航海の話ならできるかもしれないと思って、コンラッドの小説を思い起こした。出し抜けにミゲルが答えた。

「パウリーノ・ロチャの家に行っていました」

「パウリーノ・ロチャとはいったい誰だい？」

ミゲルは意外そうな顔で答えた。

「薬局の主人です」

私はすでに冷静さを取り戻しており、尋問を続けた。

「薬局で何をしていたんだい？」

「海藻を保存する方法を教えてもらいに行ったんです」

彼は、不器用に蓋を切り落とした灯油缶を簡易ベッドの下から取り出し、傾けてみせた。赤と緑の切れ端が水に浮いていた。

小さな話し相手の心の内がはっきり見えた。少年とは可能性の塊であり、ミゲルは、漁師の顔も収集家の顔も自然愛好家の顔も備えていた。収集家やスポーツマンという安易なカーブへ踏み込むのか、思い切って科学という困難な道を選ぶのか、それは環境次第、あるいは私次第かもしれなかった。

だが、有益で的確な思索ではあっても、そんなことに耽っている場合ではなく、辛抱強く取り調べを続けねばならない。

「メアリーさんのことは大好きだったんだね？」

だが、この問いを発した途端、自分の過ちに気づいた。ミゲルは一心に灯油缶、水と海藻を見つめていた。またもや秘密を守っていたのだ。

もはや後戻りはできず、私は、アトゥエルとエミリア、そしてメアリーの関係についてこの子が何を知っているのか、なんとか聞き出そうとしたが、まったく成果は得られなかった。エステバンとアンドレアについても、未知のことはほとんど何も聞き出せなかった。

視線を下ろしたところで、不意に、床に残る血痕に目が留まった。私がトランクを一つ動かすと、押し殺したような叫び声が轟《とどろ》いた。顔に激しい痛みが走り——あの少年の爪には毒が残っていたらしく、今もまだ痕が残っている——、私は独り取り残された。二つのトランクに挟まれた状態で床に置かれていたのは、血まみれの大きな白い鳥だった。

## 十二

私は深刻な不安を抱えていた。ホールの窓越しに外を見やった。

嵐がひどくなっていた。計画ははっきりしていた。紅茶を飲んだ後、警察が来る前にエミリアのもとを訪れ、一緒に警察を迎える。親戚のアンドレアが、レシピを手に、名高いティア・カルロータのスコーンにできるだけ似せた焼き菓子を作ろうとしていたせいで、時間が余計にかかっており、このままでは、せっかくの合理的プランが台無しになってしまうかもしれなかった。再び窓から外を見ると、心が落ち着いた。黒い水のようになった砂の波がガラスを打ちつけ、さっと一瞬だけ明るくなることがあると、そこに地獄のような景色が垣間見えた。素早く拡散するように地面が動き、怒りの突風と竜巻を舞い上げている。

ようやく銅鑼が鳴り、タイピストがその音に緩慢な頭の動きを添えた。エミリアを除く全員が、紅茶のトレーを囲んでテーブルに着いた。上手く焼けたスコーンを味わいながら私は、アイロンの利いたリンネルと太古の食器の周りに人が集うのは人生の重大事——誕生、送別、陰謀、卒業、婚姻、逝去——に臨む時だけだという事実を噛《か》みしめた。ペルシア人にとっては美しい景色が食欲の刺激にほかならないことをふと思い出し、そこから議論を広げれば、完璧な人間にとって人生のあらゆる事件は刺激なのではないか、とも考えた。

深い思索に浸っていると、周りの会話が耳のなかで蝿の羽音と混ざり合った。突如タイピスト（我らがミュスカリウス）の蝿たたきが響いても、驚きもしなければ当惑することもなかったことだろう。ジグソーパズルに一つひとつピースを嵌めるようにして会話の断片を繋ぎ合わせているうちに、ここに集まる人々は皆、外面を取り繕いながらも心中穏やかではなく、警察を呼んだことを密かに後悔しているばかりか、ホテルの周りに砂の壁を打ち立てる嵐に内心期待を寄せてさえいることがわかってきた。

私はエミリアに付き添うために階下へ向かった。

部屋へ入ると、ライラック色のハンカチを持つ手に支えられた彼女の顔が静かな美しさ――おそらくダンテ・ゲイブリエル・ロセッティのプロセルピナを髣髴とさせる――を湛えていた。数時間前に部屋を後にした時とまったく同じ姿勢だった。中身のある会話にはならず、エミリアの口から聞き出せたのは、ドクトル・コルネホが死んだ娘と少しだけ二人きりになりたいとまたもや言い張ったこと、そして彼女がそれを許さなかったこと、それだけだった。

私はホールへ戻った。モダンな椅子に窮屈そうに座ったコルネホが、眼鏡をかけ、紙と鉛筆を手に、分厚い本を読んでいた。読書をしている人を見ると、決まって私はその手から本を奪い取ってみたくなる。この感情が、本への関心なのか、あるいは、人の関心から自分が外れていることへの苛立ちなのか、誰か好奇心旺盛な方に調べてほしいものだ。この時は、何を読んでいるのか訊くだけで我慢した。

「真実の本」彼は答えた。「鉄道案内です。あらゆる僻地《へきち》も含め、国中のあらゆる町への距離と所要時間を記載した地図――もちろん鉄道網だけですが――を頭に叩き込んでいるのです……」

「四次元にご関心があるようですね。時空間」私は言った。

マニングが謎めいた調子で言った。

「私なら、逃避の文学と言うでしょうね」

窓から外を見ていたアトゥエルが我々に声を掛けた。青白く舞い上がる砂嵐の間からリッケンバッカーが現れ、この日初めて私は笑った。告白するが、映画のように着々と進行する場面がどうしようもなくおかしかったのだ。車から、一人、二人、三人、四人、六人も降り、後部座席のドアの前に集まった。何か黒く長い物体を苦労して引っ張り出しており、強風のなかで押し合いへし合いしする体が、我々の視線に立ちはだかるガラスのせいで歪んで見えた。笑いの涙で曇った私の目に、夜でもないのに手探りで砂に躓《つまず》きながら進む彼らの姿が映った。運んでいたのは棺《ひつぎ》だった。

# 十三

チーズとオリーブのサンドイッチにリキュールを添えて、我々はライムンド・オーブリー警部補とドクトル・セシリオ・モンテス警察医を迎え入れた。その間、運転手のエステバンと警官二人、そして明るい色のスーツに黒い腕章の男――「葬儀屋の主人」という説明だった――が棺を階下へと運んだ。

すぐに私は、自分の手でドクトル・モンテスに酒を振る舞ったことを後悔した。一杯ぐらい飲んだところでこの若い同業者の状態が変わるわけではない、という事実にまだその時は気づいていなかったが、彼はすでに酔っていたのだ。酔った状態で到着したのだ。

セシリオ・モンテスは、身長こそ普通だが体は華奢で、波打つ黒髪に大きな目、青白いほど白い肌、筋のとおった鼻をそなえており、顔立ちは端正だった。身に纏《まと》う緑っぽいチェビオットの狩猟服は仕立がよく、かつては上物に見えたことだろう。絹のシャツは汚れており、全体的に彼の姿には、身なりのだらしなさ、怠慢と困窮――過去の栄華を忍ばせる困窮――が目についた。ロシア小説から出てきたようなこんな男が我々の宿に現れるとは、いったいどういうことだろう、そんなことを私は思った。アルゼンチンの田舎とロシアの田舎――さらにはそこに住む人々の気立て――には、思いもよらぬ類似点があるようだ。サリナスに到着する若い医師が、高貴な任務と文明に対する一途な信念を抱きながらも、田舎暮らしに付きものの卑俗と不自由に直面して、次第に堕落していく。まさに我らがオブローモフ。私は好意の目で彼を見つめた。

だが、相手のほうでは、同じ組織、同じ職業に属する者同士を社会的に分かち難く結びつける最低限の親近感すら持ち合わせてはいないらしく、私の言葉にほぼ無反応で、何か答えても、無関心や無愛想を見せつけてくるだけだった。幸い、モンテスが酔っていることはすぐにわかったうえ、思い返してみれば、かつて同じように反射的親近感から同業者に近づいた時にも、十九世紀の科学的実証主義の迷信によって萎れた精神以外に何も見出せないことは度々あったのだ。

オーブリー警部補は、背の高い、陽に焼けた赤ら顔の男で、その空色の目にはいつも驚きの表情が浮かんでいた。目こそこの男の最大の特徴であり、もう少し詳しく説明しておくと、大きすぎるわけではなく、いわゆる磁力を帯びているわけでもなく、特に視線が鋭いということもないのだが、警部補の人生全体がそこで躍動しているとさえ言えるかもしれない。彼は目で聞いて、目で考える。誰かに話しかけられると、すぐに彼の目は期待と集中力に溢れ、おかげで相手は支離滅裂になって口ごもってしまう。

「間違いありません。これはストリキニーネによる毒殺です」私は重々しく言った。

「見てからにしましょう。まずは見てみないと」モンテスは言って私に背を向け、警部補に言葉を向けた。

「メモしておいてください。死因を確定させようとする怪しげな発言、と」

「誠に失礼ながら」まったく状況に似つかわしくない言葉を思わず選んで私は答えた。「あなたが酔っ払っているのでなければ、そのような愚かしい発言はとても容認できるものではありませんね」

「酔っ払っていなくても愚かなことを言う人間はいくらでもいます」モンテスは答えた。

この酔っ払いを打ちのめす返答をしようと身構えたところで、警部補が口を挟んだ。

「皆さん」回避を許さない目で私を探りながら彼は言った。「死体の部屋へ案内していただけますか？」

私は落ち着き払って彼らを階下へ導いた。メアリーの寝室まで来たところで私はドアを開け、横に動いて警部補を中へ通した。ドクトル・モンテスは、ファイバー素材のアタッシュケースを手にして中へ入っていった。このバッグが何かの連想を引き起こしたらしく、私はこんなことを呟いた。

「メアリーの魂に、もはや産婆は不要です」

## 十四

反証を密かに望んでいたものの、ドクトル・モンテスは私の診断を追認せざるをえなかった。メアリーの死因はストリキニーネの服毒だった。

穏やかな威厳を見せながら警部補は、一緒に来るよう警官たちに命じ、我々にも言葉を向けた。

「失礼して、これから全員の部屋を調べさせていただきます」

私が賛成すると、警部補は私に向かって言った。

「それでは先生の部屋から始めましょう。どなたか、ストリキニーネを持っているという方がいれば、話は別ですが」

返事はなかった。私も黙っていた。警部補の言葉に不意をつかれたのだった。まさか自分の部屋が捜査の対象になろうとは想像していなかった。

「私を問題に巻き込まないでください」なんとか私はこれだけ言った。「私は医者ですよ……敬意を払われてしかるべきだ」

「申し訳ありませんが」警部補は答えた。「特別扱いはいたしかねます」

この言葉には断固たる調子がこもっていたように思う。

やむなく私は彼らを部屋へ導き、というより、彼らの後に続いて部屋へ向かった。待ち受けていたのは受難だったが、自分が精神を完全にコントロールできることも確かめられ、満足感に浸ることになった。体にクラーレでも注射されたように気力を奪われたまま、荒っぽい手に鞄の内側を探られる事態に耐え抜かねばならず、さらにひどいことに彼らは、処女のようにデリケートで壊れやすい薬の筒を一本一本開け始めた。

「気をつけてください」たまらず私は声を荒げた。「ちょっと狂っただけで大変なことになります。おわかりですか？　もっと慎重にお願いします。空気や手に触れただけで薬の効果がなくなってしまうこともあります」

これで目論見は達成できた。男たちはさらに意地悪く薬箱を調べ始め、その隙に私は、彼らとナイトテーブルの間をすり抜けた。そして何気なく右手を大理石に預け、そのままヒ素の筒を取り上げた。どんな屈辱にも耐える覚悟だったが、私の健康を支える錠剤を台無しにされてはかなわない。

ようやく警官たちが薬箱の物色を終えたところで、私は他の筒の間にヒ素の筒を滑らせた。これで助かったと思ったが、さらなる悲運が私を待ち受けていた。警部補の口から放たれた言葉を聞いて、私の心は凍りついた。

「薬の中身の分析を行わせていただきます」

無知な言葉の意味を考えてみると、どうやら私の錠剤のことらしい。当然ながら、すぐに中身を調べるのかと思ったが、礼儀とも無縁なら論理とも無縁らしいオーブリー警部補は、そのままコルネホの部屋へ移り、おかげで私は、講じておいたほうが無難な措置を自由に講じることができた。

# 十五

オーブリー警部補はドクトル・ウンベルト・ウベルマンの部屋を入念に調べたが、他の宿泊客の部屋にこれほどの注意を払わなかったことは、何の躊躇《ちゅうちょ》もなく断言できる。

警察一行の捜査が続く間、私もじっとしていたわけではなく、部屋の整理を終えるや、すぐに自分なりの調査に着手した……廊下へ出ると、何たる驚き、犯行現場を見張る警官は誰もいない！　私は暗いほうへ進んで、前日の午後、ミゲルがエミリアとメアリーの口論に耳を傾けていた場所に陣取った。ここでミゲルの不意を突いたことを思い出した途端、私も誰かに不意を突かれるのではないかと思いついて、俄かに不安に駆られた。

その場を離れようとしたところで、足音が聞こえて私は足を止めた。タイピストだった。すでに私は、あの謎めいた家、閉ざされた世界の構成要素を一つひとつ見分けられるようになっていた（囚人は監獄のネズミを見分け、入院患者は病室の壁紙のデザインや天井の刳《く》り型を覚え込んでしまう）。蝿叩きを振りかざしながら女は薄闇に現れ、蝿を追ってしばらく動き回っていた。見つかるかと思ったが、直後に彼女は廊下の暗闇に紛れて消えた。

もうしばらく待ってみた。タイピストに見つかったところでどうということはないが、メアリーの部屋の近くに隠れていたことが知られては都合が悪い。だが、待ちすぎたらしく、今度はアトゥエルがゆっくり階段を下りてきた。用心してはいながらもしっかりしたその足取りに、私は身動きがとれなくなった。それまで関心を引かなかった男が、突如犯罪者の威圧感を剝き出しにしてきたような感じだった。そのままメアリーの部屋へ入った彼は、ベッドの下から鞄を取り出し、その口を開けてしばらく中身を探っていた。さらに、テーブルに散らかっていた紙を調べ始め、何かを探しているようだった。並外れたその落ち着きぶりは不自然で、観客の前で軽蔑を表現する名役者を想起させた……顔の輪郭を伝う冷汗が感じられた。アトゥエルは紙を手放して棚から赤い本を取り出し（仮面と銃を組み合わせた表紙のエンブレムが見え、それが英語で書かれた小説だと私にはすぐわかった）、そのままポケットにしまった。ドアまで進んだところで彼は左右に目を走らせ、そっと大股で歩き出した。そしていったん立ち止まった後、四段飛ばしで階段を上がった。

そこでようやく私は明るいところへ出た。ぐずぐずしていると警官が来てしまう。アンドレアの姿を見つけ、私は彼女にミルクセーキを頼んだ。

# 十六

警部補は我々全員を食堂に集めた。

「皆さん」彼はよく通る声で重々しく切り出した。「これから証言をお願いします。オーナーの執務室をお借りしますので、水場に立ち寄る羊の要領で、順番に入ってきてください」

「ここで笑わないとは、ユーモアに欠けますね」モンテスが私に向かって言った。

しかるべく反論してやろうかとも思ったが、酒臭い息を感じてやめた。

尋問が始まり、私は最初に呼ばれたうちの一人だった。威圧される前から私はすべて包み隠さず話し、捜査の助けとなるかもしれない情報はすべて提供したが、寛大な推理小説作家よろしく、随所で特定の言葉を強調することも忘れなかった。うまく導いてやれば、オーブリーのように頭の鈍い男にでも謎を解き明かせることだろう。

部屋から出たところで、重要な事実を伝え忘れたことに気づき、戻ろうとしたが、許されなかった。他の証言者たちが長々と口ごもりながら話し終えるまで待たねばならず、往々にしてこういう待ち時間は長く感じられるものだ。

ここで、アンドレアが証言した些事《さじ》――後でオーブリーから聞いた――を一つ記しておいても無駄ではないだろう。どうやらあの日の夜、彼女はいつもどおりココアを準備し、メアリーの部屋のナイトテーブルに置いたというのだが、そのカップがなくなっていたのだ。アンドレアは、すぐにはそれに気づかなかったが、彼女によれば、それは気が動転していたからだった。

頼んでおいたミルクセーキがようやく届き、私は元気を取り戻した。

再び名を呼ばれて立ち上がった私は、命令に従うのではなく、復讐《ふくしゅう》を果たそうとでもするように進んでいった。部屋へ入りながら、伝統の一節を口ずさんだ。

ようやく鳥が横切り、
靄から姿を見せた。
キリスト教徒でもない私が
手を振って挨拶した。

私は黙ったまま警部を見つめた後、芝居がかった調子で告げた。

「この建物の地下にある子供部屋には、トランクの間に死んだ鳥が隠されています。アホウドリです。今日の午後、胸を裂かれ、内臓が取り出された状態で発見しました」一呼吸置いた後に続けた。「おそらくその数時間後、ドクトル・モンテスが検死を行っている最中に、孤独な手がアホウドリの剝製を作っていたわけです。この対照的な状況をどう理解すればいいでしょうね？　娘は毒殺され、鳥は偽の命を吹き込まれる」

# 十七

その日の夜、私の証言が早速功を奏した。抵抗に遭うこともなく、さりげなく、ごく自然に容疑者の側から捜査の側に移ることができたのだ。事実、私はオーブリー警部補とドクトル・モンテスと打ち解けて三人でコーヒーとリキュールを飲み交わし、気づけば夜明けとともに砂地が明るくなり始めていた。

モンテスは女の話を好み、警部補は読書の話題で我々の精神を刺激した。何度も繰り返し読むのは『コスティア伯』で、『ファビオラ』はまあまあだが、『ベン・ハー』はいただけない、愛読書は『笑う男』。彼の青い目が強烈な重みを帯びて私を見据え、問いが放たれた。

「文学の最も偉大なる瞬間、それは、ユゴーが闘鶏愛好家のイギリス人貴族を登場させ、クラブで女二人を手玉にとる場面だと思いませんか？　独身の女には持参金を与え、既婚女性の夫を司祭に任命する」

オーブリーの文学熱を前に、私は嬉しい当惑を覚え、バツの悪い思いで返答に窮した。寛容な運命のなせる業なのか、私はこの状況を有用な情報で回避し、もっと新しい小説に話題を移しながら、トーマス・マンの『魔の山』を強く勧めた。この状況で読むにはふさわしい一冊だったが、ホテルには見当たらなかった。

オーブリーは敬意とともに夢中で話に聞き入り、空色の目が私の言葉に釘《くぎ》付けになっているようだった。おそらく記憶を覗き込んでいたのだろう。私がトーマス・マンの話を終える前に彼は口を開き、詩文を探して〈忘却の闇の領域〉へ踏み込んだ者のように、たどたどしく話し出した。

「《地獄には誠実さがある》ハードクオノンヌは言う、こんなフレーズは見事で、傑出した才能を証し立てます」

私の人生は、この種の屈折した友人との出会いに満ちている。抽象的に考えているうちはわかり合えるが、例を挙げた途端に不一致が生じる。本物の感情かどうかはともかく、親近感の熱い衝動に駆られたまま我々は文学談議を続けたが、やがてドクトル・モンテスが不機嫌な沈黙を破って口を開いた。

「それで、捜査のほうはどういう結論に落ち着いたのですか?」

オーブリーの歪んだ鋭い目がまずモンテスを、次に私を見据え、何かを反芻《はんすう》するように口が動いてリキュールを味わった。丁重さに欠ける振る舞いをようやく正す気になっていた私は、自分がどこまで相手の信頼を勝ち得ているのだろうかと自問自答した。オーブリーの謎解きを全面的に信用する気はなかったが、それでも彼の説明は聞いてみたかった。

# 十八

「最初から私には犯人の目星がついていましたが」謎めいた仕草で体を乗り出し、地平線でも眺めるような目つきで我々を見据えながら警部補は切り出した。「その後の捜査と尋問で確信することができました」

どうやら信頼できそうだと私は思った。難解な犯罪が起こるのは推理小説のなかだけであり、現実はもっとはるかに貧弱なのが常だ(ペトロニウスを思い出し、砂浜で鎖に繋がれた海賊たちが頭に浮かんだ)。それに、オーブリーは犯罪捜査の経験をそれなりに積んでいるはずだった。文学に話を戻せば、推理小説の役人警官は避けがたく誰もが間違った推理を行うが、いかに事実は小説より奇なりとはいえ、狂気と同じく、犯罪も単純化と欠陥の産物である以上、現実世界で彼らが過つことは滅多にない。

「皆さん」ドクトル・モンテスがもごもごと呟いた。「乾杯いたしましょうか?」

「何を祝してですか?」警部補が訊ねた。

「これから聞くことになる素晴らしき真実のために」

この返答を聞いて私は心密かに喜んだ。酔っ払いの戯言《たわごと》をまともに受け止めるような捜査員があてになるはずはない。

警部補は続けた。

「まずは動機から。これまでの調べでは、犯行に及ぶ確実な動機を持つ人物が二人います」

「〈これまでの調べ〉というのであれば」酔っ払いのモンテスが間の悪いタイミングで口を挟んだ。「まだ調べられていないことがあるのですから、推理の前提が崩れますね」

「繰り返しますが、動機という観点から注目すべき人物は二人です」モンテスの不作法を意に介することもなく警部補は続けた。「一人は被害者の妹、そしてもう一人はアトゥエル氏です」

私は困惑を覚えた。告白するが、この瞬間から私は、必死に神経を集中させていなければオーブリーの説明についていけなくなった。見世物の映像のようなものへと気持ちが逸れ、出来事の順序が逆転する――最初に直近のエミリアとの会話、最後に浜辺でのいきさつ――ばかりか、その解釈まで変わってきて、改めて姉妹の口論を振り返ってみると、善良なのはエミリアのほうだった。メアリーのことを考えるうちに、人間たちの振る舞いが死を越えたところでも揺れ動いて変化する事実を噛みしめた。エミリアのことを考えるうちに、実は彼女のことが好きになり始めているのではないか、そんな問いがちらついてきた。

オーブリーの〈説明〉は職業的知識を誇示するようなところがあるが、以下、彼の言葉を再現してみることにしよう。

「動機には、恒常的動機と一時的動機の二種類があります」彼は厳しい表情で言った。「今回の場合、前者は経済的次元と感情的次元に跨ります。被害者が死ぬことで利益を得るのは、エミリア・グティエレス氏とアトゥエル氏です。エミリア氏は姉の相続人ですから、高額と言って差し支えないほどの宝石類を受け取ることになります。調べによれば、婚約者二人は経済的理由で結婚を延期していたのだそうです。他方、アトゥエル氏は、結婚を通じてこの死から利益を得ることになります。二人には感情的動機もあります。被害者がエミリア氏の婚約者と情事を結んでいたことは明らかなようですから、悲劇の背景には嫉妬があったわけです。これは完全に女性的要因で、最も疑わしいのはエミリアです！　しかし、被害者と婚約者の感情のもつれが暴力的感情の誘因となったことも考えられますから、アトゥエル氏の嫌疑も拭えません。続いて、一時的動機に話を移すと、最後に口論していたのは姉妹二人で、婚約者は一応これとは無関係だと言えるでしょう。またもやエミリア氏に不利な情報ですね！　動機は以上として、最後に状況を考えてみましょう。この段階に至ると、アトゥエルの線はなくなります。彼はホテル・ニュー・オステンデに滞在中で、死亡時刻にこの建物にはいませんでした。二人の姉妹は隣同士の部屋にいて、ご記憶でしょうが、犯行の夜、エミリア氏は独りで部屋へ下りていきました。ココアにストリキニーネを入れて、毒が効いた頃合いを見計らって、カップを処分する（おそらく窓から投げ捨てたのでしょう。嵐が去ったら砂を掘りおこしてみる必要がありますね）。結論は明らか、悪魔にも見放されたエミリア氏に逃げ場はありません」

話の論理的筋道に不完全な部分があるような気がしたが、混乱していたうえ、気が滅入っていたので、それがどこなのかまではわからなかった。私は辛うじて反論した。

「ご説明は、心理的側面において無理があるのではないでしょうか。話の展開に気を奪われるあまり登場人物をおろそかにする小説家と同じです。人間的側面なしに不朽の名作は生まれません。エミリアのことをよく考えてみてください。やや赤毛が目立つとはいえ、あんな健全そうな娘がこんな犯罪に手を染めるとは、私には思えません」

私の目論見は大それており、単なる即興的感情の発露で論理的考察を追いやろうとしていた。警部補は続けた。

「ヴィクトル・ユゴーなら、《熱意は女の指を鋏に変え、恐怖に怯える娘はバラ色の爪を鉄棒に突き立てる》と言うところでしょう」

ここでドクトル・モンテスは眠気を振り払ったようだった。

「これほど酒が回っていなければ、警部補の話はあくまで憶測でしかない、と反論するところです」彼は優しい口調で警部補に言葉を向けた。「証拠はまったくありませんね」

「そこは問題ありません」オーブリーは答えた。「署で取り調べれば証拠はいくらでも出てくるでしょう」

私はこの男を不信の目で見つめた。粗野だが的確に話をまとめ、文学を愛読し、ユゴーに感動し、それでいて、容赦なく娘を拷問にかけるばかりか、不当に罪を着せることさえ辞さない。

モンテスに好意の目を向け始めている自分に私は驚いた。振る舞いに問題は多いが、医師が二人揃えばいい弁護士の働きができるかもしれない。

それにしても、エミリアはいったいいかなる不思議な力を備えているのだろう？　私は基本的に執念深いほうだが、彼女のためなら、自分に侮辱の言葉を向けた同業者と肩を組んでもいいと思い始めている。この時、少し前に考えた問いの答えが見つかった。私が感じているのは、愛情ではなく、曖昧な罪の意識なのだ。海の森というこの限られた世界では、私こそが最も優秀な知能を備えており、私の言葉がこれまでの捜査を導いてきたのだ。すでにしっかり務めを果たした、そう自分に何度言い聞かせたところで、十分な慰めにはならない。

「初歩的な話ですが」モンテスが口を挟んだ。「毒と犯人の接点を確かめねばなりませんね。例えば、誰が薬局でストリキニーネを買ったのか……」

「そこにぬかりはありません」オーブリーは堂々と答えた。「部下の一人に必要な指示を与えて送り出しました。ここ数カ月の間にストリキニーネを買った者がいるか、薬局の店主に問いただせたところ、返事は明解、誰もいない、ということでした」

自然な素振りを装って私は問いを向けた。

「今後、どうなさるのですか、警部補？」

「今後？　嵐が去るまであの娘には何も言いません。その後、逮捕して連行します。ご心配は無用です。逃げられたりはしませんし、証拠を隠滅するようなこともないでしょう。言ったとおり、証拠は取り調べでしか出てきません。当面我々の使命は、落ち着いて、嵐が過ぎるのを待つことです」

私は苛立ちを覚えて立ち上がった。窓の外を眺めると、強風の間から黒っぽい砂のオーロラらしきものが見えたような気がした。世界は黄色い火事の残骸のようになっており、倒れた黒い電柱の上で、砂が怒りの煙のように螺旋《らせん》形に舞い上がっていた。嵐はこのまましばらく衰えることなく続くのだろうかと考え、心に不安を覚えながら、嵐が静まる兆候を探し求めた。

まず片手を、次に反対の手を、そして額をガラスに預けてみると、熱でもあるようにひんやりとした感覚が伝わってきた。

十九

夢とは我々が日常的に狂気を実践する場にほかならない。発狂の瞬間に我々は、《この世界ならお馴染《なじ》みだ、生涯ずっと毎晩のように見てきた景色だ》とでも言うのかもしれない。だからこそ、白昼夢を見ると理性に眩暈《めまい》を感じるのだろう。

前夜エミリアが弾いたのと同じワルツ、リストの「忘れられたワルツ」のピアノ演奏が聞こえていた。まだ砂嵐に晒《さら》されたホテルの内部に、部屋で亡くなった娘もろとも閉じ込められているのだろうか？　あるいは、何か説明できない事態が起こって迷子になり、時を遡っているのだろうか？　その日の朝、目を覚ますと、麻酔の眠りから覚めた病人が感じるような盲目の苦悩と息苦しさに囚われ、どうしても外へ出たくなった。窓は開かなかったが、猛烈な期待を抱きながら私は部屋を出ようとした。ドアを開けても心はまったく落ち着かず、まだけだるいまま、心の中で「忘れられたワルツ」を聞き続けていた。

ゆっくり階段を上がるうちに、今度は夢から覚めたように目前の現象が私を驚かせ、狂気の名残のような音楽が相変わらず残っていた。音楽が途切れるのではないかと恐れながら、奇跡を懐かしむような心持ちで音楽のほうへ向かっていった。

食堂へ入ると、「忘れられたワルツ」を響かせるラジオの横で、マニングがソリティアに耽っていた。

「こんな状況に音楽はふさわしくないでしょう?」私は問いを向けた。

目覚めたばかりなのは自分だとでもいわんばかりの目つきが返ってきた。

「音楽?……すみません……聞こえていませんでした。ニュースを聞くためにラジオを点けたのですが、カードゲームをやり始めたら、忘れてしまって」

私はラジオを消した。

「見事なソリティアの腕前ですね」私は言った。

「とんでもない」彼は答えた。「友人によれば、勝てるのは千回のうち七十五回だけだそうです。誇張かもしれませんが」

「試しているのですか?」

マニングと話していると、私の口調が珍しく庇護者気取りになることに気がついた。マニングは並外れて小柄な男だった。

彼は可能性の計算について何か説明を始めたが、私は窓へ近寄って外を眺めた。この濁った空の向こうに、太陽の輝く別の空があるとは信じられなかった。この際限ない砂嵐を前に、私は吐き気を覚えた。

窓の一角に蜘蛛がいた。

「こういう時には不吉だ」私は言って、新聞紙を取り上げて潰そうとした。

「待ってください」マニングが声を上げた。「音楽のせいで出てきたのですよ。二、三日前に私がそこへ放したのですが、見事な巣を作っているでしょう」

よく見ると、薄汚い蜘蛛の巣に、抜け殻同然となった蠅が絡みついていた。

「ウベルマン」声が響いた。「来てください」

コルネホだった。白のフランネルのズボンにスポーツシャツを着ていた。声の調子にはどこか船長を思わせるところがあり、遭難事故の真っ只中で最後の摂理を述べてでもいるようだった。

「執務室へ来てください」彼は続けた。「棺を閉めるのです。エミリアに付き添ってやってください」

私の内側にある精神的指導者の素養を評価してくれる人の存在は、いつでも心強いものだ。

執務室では、アトゥエルとモンテスと警部補がエミリアに付き添っていた。

「私は失礼します」コルネホは言って、見事な立ち居振る舞いで辞去した。

温かい責任感を覚え、私はエミリアに近づこうとした。アトゥエルとモンテスが彼女と話しており、私は警部補と天気の行方を議論しながら三人の様子を見つめた。男の姿は自然とぼやけたが、窮屈そうに椅子の上で固まったエミリアの振る舞いは、苦しむ者の例に違わず、舞台に上がった役者を思わせた。思わず私は、コルネホが私を執務室へ呼び寄せたのは、エミリアの意向なのか、彼自身の意向なのか、どちらだろうかと考えてみずにはいられなかった。

隣から陶器とナイフ、フォークの音が届き、朝食の時間が近いことを知らせた。私は薄情な喜びを禁じえなかった。事実、一日最初の食事は私にとって詩的感情を伴う儀礼であり、繰り返しとともに純粋な姿で不可避的に蘇ってくる。私はポケットからヒ素の筒を取り出し、左の手の平にいつもどおり十粒取り出した。そのまま口に放り込むと、オーブリーの素直な目に驚きの光が浮かんでおり、私は子供のように顔を赤らめた。

コルネホがドア口に現れた。突然訪れた老いに打ちのめされたとでもいうように、彼の顔はぞっとするほど蒼白で、そのままテーブルに寄りかかった。

警部補と私は近寄り、アトゥエルは、窓の外に広がる無愛想な景色に見入っているようだった。エミリアはその場を離れ、モンテスが遠慮もなくその後に続いた。

# 二十

アロンソ・カノの絵では、眠った子供の唇に死が冷たいキスを向ける。

執務室を出たコルネホは、メアリーの部屋へ向かっていた。葬儀屋の男や警官だけでなく、他にも誰か、死者を棺に納める瞬間に立ち会う者がいたほうがいいと考えたのだ。途中ですれ違った葬儀屋の男は、道具を探しに下へ行くと告げた。廊下に差し掛かったところでコルネホは、ランゴスタ社のズック靴をあしらった日めくりカレンダーを三枚破り、日付を合わせた（まるで物語の展開に重要だとでもいうようにこんな細部まで入念に描くのは、語る者にとってこれが重要だからかもしれないし、クロスの上に図を描いた時と同じく、こんなことを書いていれば脇道に逸れずに済むからかもしれない）。その後、彼はメアリーの部屋へ入った。ここでコルネホは黙り、身震いとともに、ハンカチで額を拭ったが、我々は彼が失神するのではないかと思った。ただでさえ彼の目にした光景はおぞましかったが、一人で目にした光景を初めて人前で口にする時にこそ、その恐怖は頂点に達するものだ。彼が見た場面は（コルネホは言葉に力を込めた）あまりに恐ろしく、以後、あの部屋のドアはおぞましい映像となって記憶や夢に永久に残ることだろう。あの孤独な部屋の真ん中、砂に埋まった家の静寂と沈黙の真っ只中で、目に見えない枝葉の影を映しながら揺れ動く蠟燭の光に照らされて、ミゲル少年が死んだ娘の唇にキスしていたというのだ。

警部補が問いを向けた。

「あなたの姿を見て、少年はどうしたのですか？」

「逃げ出しました」少し間を置いた後でコルネホは答えた。

「あの部屋には、その後誰がいたのですか？」

「私が去った後にタイピストの女が入っていきました。すぐに少年を捕まえて問い詰めてみるべきでしょう」

「やめたほうがいいでしょう」オーブリーは言った。「彼の叔母が嫌がるかもしれません」

私も同意して言った。

「子供は多感ですからね。衝撃が強すぎて、傷となって後々まで残りかねません」

ドクトル・コルネホはスペイン語が理解できないとでもいうように私を見た。

「慌てて話しかけたりすれば」警部補が言った。「やむなく嘘をついたりするかもしれません。おわかりでしょう、ひとたび嘘をついてしまえば……」

私も口を開こうとしたが、警部補に制された。

「やめてください」懇願の口調だった。「申し上げた以上の話は無用です。おっしゃることは大変ごもっともだと思います。ユゴーの言葉を思い出しますよ、辛い経験が早く来すぎると、少年の心に途轍《とてつ》もない秤《はかり》が出来上がり、それで神の重みを量るようになる、そんなことを言っていたでしょう」

二十一

警部補の頭でまだエミリアが重要な位置を占めていたことは間違いない。他の者たちの頭はミゲル、おそらくはミゲルとコルネホだけで占められ、私を含むその他全員がドラマから弾き出されたようだった。

私は焦り、一刻も早く話さねばならない、オーブリーの目論見を伝えねばならない、そう感じていた。エミリアが逮捕され、拷問にかけられるかもしれないのだ。私は彼女の身の潔白を信じており、彼女の身を守るための策を何か講じねばならないと確信していた。聞いた話を今すぐ利用して何か手を打たなければ、後の祭りになってしまうかもしれない。責任が私の身に重くのしかかってきた。

だが、どうすればいいのかわからず、私は決断しあぐねていた。最初はエミリアと直接話してみようかとも思った。概して私は男性より女性相手のほうが話しやすい（とはいえ、エミリアは若く、私が好んで付き合うのはもっと成熟した女性だ）。だが、知らせを聞けば、彼女は震え上がるかもしれない。恐怖に打ちのめされた人に秘密を打ち明けるのは賢明ではないし、そんなことをすれば、私の身にまで危害が及びかねない。私はアトゥエルに打ち明けてみることにした。愉快な会談にはならないだろうが、しっかりバランスを保って人生を生きていこうとする私のような男にはありがたい二つの武器、自信と分別をもって臨むことができる。アトゥエルとエミリアの間に特別な絆《きずな》がある以上、後で私に危害が及ぶこともあるまい。

まずメアリーの部屋へ向かい、次にエミリアの部屋、食堂、執務室、地下室と、規則的にホテルの部屋をすべて回ったが、彼の姿は見当たらなかった。オーブリーは知らないと答え、アンドレアは不信の目で応え、モンテスなど、住居不法侵入で訴えるぞと脅して私を追い出した。返事をくれたのは、なぜか慌てていたタイピストだった。

「ドクトル・マニングの部屋にいますよ」

二人は肘掛椅子に深く腰掛け、信じ難いほど、許され難いほど軽薄な行為に浸っていた。

マニングは、アトゥエルがメアリーの部屋からくすねたイギリスの小説を読み、アトゥエルは、メアリーの翻訳したおかしな表紙の小説を読んでいた。二人を隔てるテーブルには、メモや鉛筆とともに紙束が置かれていた。二人は推理小説に注釈とメモを付けていたのだ！

こんな幼稚な作業に耽るアトゥエルが、警部補の意図に気づくはずはない。一刻も早く警告してやらねばならないと私は思った。婚約者が危険に晒されていることを知ったこの哀れな男が後悔に苛《さいな》まれる事態を予想して、ある種の満足感を禁じ得なかった。

実を言うと、驚くべき落胆はこれが最後ではなく、今でこそ消えたものの、その傷は思いのほか長期にわたって癒えなかった。「お伝えすることがあります」そうこちらから切り出すと、アトゥエルの顔に現れたのは、私の見るかぎり、話に耳を傾けようとする意思ではなく、恥ずべき読書を中断された不快感だった。私は細大漏らさずすべてを話した。彼は話を聞いて恭しく感謝の言葉を述べたものの、なんと、またすぐに小説を読み始めたのだった。

## 二十二

警部補は大きなアホウドリの剝製を摑んでいた。

鳥の首に緑色のリボンが結わえられ、「大好きなパパとママへ、ミゲルより」と印字された子供の写真が掛けられていた。その白い胸を見ていると、〈神々の影〉たる光が海辺の世界を鮮やかに照らしていた日々のノスタルジーを凝縮しているように思えてきた。我々にとってこの数日は、砂嵐に葬り去られたまま過ぎていたのだ。

同じトランクには、新聞紙に包まれて少量のヒ素が入っていた。二十分ほど前から私と一緒にミゲルの部屋を捜索していたオーブリー警部補が、その場に立ち会ったアンドレアに問いを向けた。

「ミゲルが誰の助けも借りずに一人で鳥の剝製を作れると思いますか？」

「できると思います」女は答えた。「いつもこんなことばかり……」

「いったいどういう理由で隠したのでしょう？」オーブリーが遮った。

「私が嫌がっていることを知っていたのです。家にいるかぎり、あの子に動物を殺すことは許しませんでした。いつも厳しく言っています。子供の残酷さは正してやるべきだと私は思います」

オーブリーは彼女にヒ素の包みを見せた。

「こんな毒をあの子が持っていたことはご存知でしたか？」

アンドレアは知らなかった。ヒ素が剝製や海藻の保存に使われることさえ知らなかったという。

警部補は彼女に下がるよう伝え、私と二人になったところで、この発見とメアリーの死の関連を検討した。だが、因果関係を再現しようとしたところで決定的な問題にぶち当たった。メアリーの死因はヒ素ではない。

ドクトル・コルネホがおぞましいキスの場面を目撃したことで、ようやくオーブリーは私から聞いていた鳥の剝製について調べてみる気になった。それ以来、私の意見は傾聴されるようになり、オーブリーが何かと相談してくるようになった。実のところ、こんな捜査のやり方は批判に値するのかもしれない。なぜオーブリーは指紋をとろうとしないのか？　なぜ遺体の検死を命じないのか？　それに、見ず知らずの男の発言を信用するなど、田舎者の探偵丸出しではないか。こうした問いに答えるのは難しくあるまい。指紋を採取したところで捜査は何も進まないし（我々全員の指紋が出てくるだけだ）、検死で明らかになるのは自明の事実だけだろう（死因はストリキニーネによる毒殺）。そして、私はそもそも見ず知らずの男ではなく、このような内輪の捜査にはそれなりの利点があるのだ。すなわち、安心感が広がり、被疑者が少しずつ警戒心を解いていく。マニングが滑稽なほど臆病にドアをノックし、重要なこと――大胆にも、「重要」という言葉を口にした――を証言したいと告げた。警部補の返答を聞いて私は満足だった。

「後生ですから、紅茶の後にしましょう」

## 二十三

紅茶の後、アトゥエル、オーブリー、モンテス、私の四人を残して、全員が食堂から引き下がった。

「ここにおられるドクトル・マニングが何をおっしゃるか、お聞きするとしましょう」

「私が今から論じる仮説は、アットウェル警部とともに発見しました」

最初は聞き違いかと思ったが、この言葉によって直後から世界は一変し、馴染みだったはずのものが見知らぬ危険となった。私はなんとか苛立ちを抑えた。

私が心の中で《アトゥエル、アットウェル》と繰り返す間に、マニングが説明を始めた。

「私の手柄ではありません。偶然の産物です。ご存知のとおり、昨日の午前中、私はメアリー氏の部屋で長時間過ごしました。テーブルは紙で覆われていたのですが、突如、メモ用紙の一枚に日が留まり、そこに書かれた文章に興味を引かれました。過剰な反応だったのかもしれませんが、私は文面を書き写し、食堂へ上がった時にアットウェル氏にお伝えしたのです」

オーブリー警部補は、火を点けたばかりの煙草を灰皿で揉み消した。

「咎め立てするつもりはありませんが、警部」彼は切り出した。「なぜ何も言ってくださらなかったのですか？　あなたがどなたかわかっていれば、最初から協力を求めたのに」

「自分でも信じられないほど突飛な思いつきでお手を煩わせるわけにはいきません。ともあれ、手続きの問題はやめて、結果を受け止めることにしましょう。マニング氏の話を聞こうではありませんか」

「タイピストが整理をしたので、皆さんはメモに気づかなかったかもしれません」マニングが説明を続けた。「あの部屋のテーブルにはゲラがあり、手書きの原稿もありました。手書きのほうは、メアリー氏が訳していたマイケル・イネスの小説です。ありふれた文章で、皆さんの目には留まらなかったようですが、メモはまだそこにあるはずです」

重々しく息をついた警部補は、目に見えて困惑していた。マニングは続けた。

「問題の文章は、本の一節なのか、メアリー氏のメッセージなのか。前者なら容易に特定できます。殺される前夜、メアリー氏は、これまで訳したすべての小説を集めた小さな図書館が部屋にある、そうおっしゃっていました。私は警部にお願いして、手書きの原稿を読ませてもらおうとしましたが、手を触れてはならないと言われました。それでも、本のほうは、それほど個人的な所有物でもないということで、読ませていただきました。この二日間、午後はずっと、メアリー氏が翻訳中だった小説の原書や、すでに翻訳の終わった本を読み、残りはアットウェル氏が読んでくれました。問題のフレーズは、どの本にも現れません」

沈黙が流れた。ようやく警部補が声を上げた。

「親愛なる警部、なんと献身的な協力だ！」

言葉の調子を聞いて私は、オーブリーが恨みを抱えており、マニングの説明を聞いてはいても話の続きに興味を持ってはいないことを感じ取った。私は好奇心を抑えきれず（誇ってもいいだろう。生への執着心は感情の激しさで計られるものだ）、さっさとその文面を明かすようマニングをせっついた。この文章のおかげで彼とアットウェルは、我々にはまだ明かされていない秘密に踏み込むことができたのだ。

「メアリー氏が亡くなる前に書いた文章はこちらです」マニングは単調な調子で応え、紙切れを読み上げた。

悲しみとともに私の決意をお伝えします。あなたがこれを聞けば呆然とすることはよくわかっています。この厳しい世界に、私の決意を覆しうるものが何かあるとすれば、それは我々の長い友情、そしてあなたの善意と愛情に対する私の思い、それだけでしょう。しかし、事態もここまで来てしまえば、私にはもはや、挨拶を残して世界から立ち去る以外に選択肢はありません。

# 二十四

金目当てでなく天職の呼びかけに応じて作家となる我々全員の運命は、ペンをとる瞬間を延期する口実ばかりひたすら追い求め続けることにある。現実がなんと几帳面にそうした口実をくれることか、そして、なんと巧妙かつ熱心に我々の怠惰と手を組むことか！　海の森で起こった自殺だか殺人だかの不毛な問題にいつまでも目を眩まされている場合ではなく、行動を起こす時がやって来たのだ。私は静かで安全な部屋にこもり、心地よい肘掛椅子の抱擁に身を任せて、下ろしたてのノートとペトロニウスの本を開いた。メアリーのことが頭に浮かんだ。

メアリーが亡くなる前日に姉妹の間で交わされた口論が蘇り、微妙に食い違う解釈が可能な文献を前にした研究者のように、その内容を思い返してみた。同時に、自殺する者がなぜ最後のメッセージを他の紙に紛れるような形で置いたのか、その理由も考えてみた。

歪んだ誠実さの表れだと考えられなくはない。これでメアリーは、良心の呵責《かしやく》を和らげることができる。

無実の人を救うための証を残しはするが、それを隠しておく。

この自殺は、私が垣間見ていたドラマの避けがたい結末だった。不貞行為に付き物の絶望的情熱でメアリーはエミリアの婚約者に恋し、密かに彼を奪い取ろうとするものの、それが叶わぬと見るや、自殺の道を選ぶ。そして命を絶つ前に、甘い復讐を思いつく。この自殺を他殺に見せかけてはどうだろう？　最後の晩、エミリアが自分に怒りをぶつけるよう仕向ける。そして自分の意思で死ぬというメモを残しはするが、マイケル・イネスの翻訳に使っているのと同じ紙にこれをしたため、翻訳の草稿に紛れ込ませる。見つかるか見つからないかは運次第だが、これで自分の魂は救われる、と考える。

続けて、捜査におけるアットウェルの役割も考えてみた。彼の説明では、私にはよくわからない法律上の理由、そしてエミリアとメアリーとの関係を考慮して、捜査への口出しを避けたということであり、それはおそらくそのとおりなのだろう。医者である私には、感情が職業的判断を鈍らせることがあるという事情はよくわかる。それに彼は、警部補のプライドを傷つけたくなかったとも言っていた。

とはいえ、アットウェルの役割が自分で言うほど単純だったとはとうてい思えない。確かに、問題を解決したのはマニングのようだが、本当に彼一人の手柄だろうか？　彼の推論を導き出したのは、アットウェルの入れ知恵だったのではないだろうか？

あの後、私は別途オーブリーと話し、アットウェル警部が何者なのか訊ねてみた。

「署で一番有能な男です」彼は答えた。「今やアットウェルは有名人で、休暇をとるにも国王のように名を伏せねばならないほどです」

私はオーブリーの目を見つめたが、そこに皮肉は感じられず、あるのは敬意だけだった。

「署」とは連邦首都警察のことであり、アットウェルは犯罪捜査課に勤務していた。

## 二十五

食事の後、テーブルの隅でエミリアと私が二人きりになる瞬間があった。私はすかさず、「ちょっとお話しさせてください」と言って、愛のない残酷な調子を言葉に込めた。その時はまだ自分でも何を話そうとしていたのかわかっていなかったように思うが、私の内側に社会的・集団的直感――これこそ人間の心を特徴づける最も高貴で有益な感情だろう――があり、とにかく話をしなければならなかったのだ。

誰にも見られてはおらず、私はエミリアの手を取り、心の奥底から出てくる感情に任せて、警部補の不吉な推察を彼女に伝えた。エミリアが手を引っ込めることはなかったが、返事もなかった。何の驚きも当惑もなく、静かな悲しみに浸っているようだった。喜ぶべきところだったのだろうが、なぜか私はがっかりした。

だが、すぐに気づいたとおり、エミリアの一見冷淡な態度のおかげで私は平静を取り戻しており、感謝の気持ちさえ抱くことになった。娘への親近感と情熱をドラマ化しすぎていたのだ！ こんな愚かしい狂気からやっと解放され、ようやく心の平穏を取り戻したのだ！

こんなことは認めたくないが、メアリーの死をめぐる謎が私の神経の完璧な均衡を乱し始めていたらしい。気力回復のため、私は早く寝ることにした。「おやすみなさい」を告げて執務室へ向かい、翌朝から始める文学的作業に備えて万年筆にインクを補充しておこうと思った。入っていくと、アットウェルと警部補が一枚の紙片を見つめていた。手渡された紙片を見てみると、ヘッダーも日付も署名もないメアリーのメッセージだった。筆跡学的真実から決して目を背けることのできない我々にとっては、この文面の仰々しく込み入った文字から、どれほどの悲しみと悪意が立ち昇ってくることか！ 今こそ、オカルト科学を極め、中世暗黒時代の規範と手法に則ってインクで書かれた支離滅裂な本を読み直し、書き直し、占星術師と錬金術師と魔術師の偉大なる冒険、方位磁石のない旅に繰り出すべき時なのだ。あらゆる職業の人間が今、奇跡の夢から覚める……だが、新たな十字軍の屈強の戦士を最も多く輩出するのは同毒療法医だという、この事実を誰が否定できるだろう？

警部補は真剣な眼差しでアットウェル警部を見つめ、陰鬱な調子で言った。

「まことに失礼ながら、私はまだエミリア氏に対する嫌疑は決定的だと思っています。私の計画は変わりません。彼女を逮捕し、サリナスへ連行する。誰か他の方に本件が委ねられないかぎり、変更はありません」

本能的に私は外へ目をやろうとした。白い壁を切り取る四角い窓は、オニキスのように黒く謎めいていた。ガラスに耳をあてると、風が収まり始めているような気がした。

## 二十六

首都の家で、コリエンテス州出身の小柄な使用人たちが運んでくる藁《わら》編みのトレー、そこに載ったハーブティー、トースト、ビスケット、砂糖とともに始まる朝、それが記憶のなかで手の届かない日々のようになっていた。あれこそまさに〈陽気な目覚め〉――小学校の教科書で復唱する言葉――であり、そこから心地よい怠惰と読書が始まるが、運任せの午後は、職業人たる男にとっての栄誉を備えた診療所で過ごす。私の本当の休暇は、今や失われたのかもしれないそんな日常的・家庭的習慣のもとへ取り残された。新たな一日は、どんな新たな不安をもたらすのだろうか？　不安を覚えながらも自分の不安が信じられぬまま（こんな異変に生活を狂わされ続ける事態は現実離れしていた）、私は部屋のドアを開け、階段のところでアンドレアと出くわした。

「ご存知ですか？」彼女は言った。「死者の宝石が盗まれたのです」

私はオーブリーに訊いてみようと思って執務室へ向かった。

入っていくと、彼は警官の一人に指示を出しているところだった。

「全員部屋から出すな！」彼の声が轟いた。

「《全員》とは？」私は問いかけた。

「全員です」警部補は素っ気なく答えた。「あなたとアットウェルを除いて」

私まで除外の対象としたのは単にその瞬間の話し相手だったからではないかと私は勘繰ったが、いずれにしても、妥当な指示だと思われた。下手をすれば、犠牲者を除く全員が探偵になってしまうところだが、その危険は避けられそうだった。警部補は私に煙草〈フォーティースリー〉をすすめ、事実関係の説明を始めた。

「エミリア氏が朝早く現れ、姉の宝石が盗まれたことを伝えてきたのです。私からは、宝石はアットウェルが預かっているから落ち着くよう言いました。昨日のうちに話をつけていたのです。ところが、彼と会って直接訊いてみると、あの話の後、すっかり忘れてしまったというのです。あなたとドクトル・コルネホとタイピスト以外、すでにほぼ全員から話を聞きました。あの少年が現れるまで、宝石は犠牲者の部屋にあったはずですが、その後、見た者はいません。そしてもう一つ興味深い事実があります。犠牲者の部屋を捜索するよう指示してみると……何が出てきたと思います？」

彼に差し出された鉛筆書きのメモを読んでみた。

メアリー様、
話があります。昼寝の時間に廊下で待っています。感謝、大変感謝します。
コルネホ

「話があります」という言葉は、私の心に不快な記憶を呼び覚ました。ここで私は赤面したと思う。

真剣な、ほとんど悲しいとさえ言える調子で不遜な言葉を並べた後、警部補は話を続けた。

「食堂にコルネホとタイピストがいます。タイピストが何を言うか、興味があります。子供の衝撃的場面の直後に、彼女はあの部屋にいましたからね」

その時警官があたふたと駆け込んできて言った。

「コルネホが死んでいます」

## 二十七

我々は食堂へ移動した。

未来は、細部の修辞を巧みに操る政治家、文学者、教育者のものだろう。特別な細部、そこを変えると全体が激変してしまうような細部は常に存在する。あんな大きな空っぽの部屋で、人ひとりが床に横たわっているだけで、とてつもない無秩序に支配されたような幻想が生まれる。

マニングが私のほうへ歩いてきて言った。

「毒殺です」

横たわったコルネホの死体の脇で膝をついたドクトル・モンテスが、チョッキに手をやって時計を探していた。アットウェルとタイピストはじっと見守っていた。

「鞄を持ってきてください」アルコールを帯びた声でモンテスが言った。

「今すぐお持ちします」マニングが答え、気真面目に部屋を出た。

その時初めて、マニングが警部補に部屋から出ないよう言い渡されていたはずだったことを思い出した。コルネホに外傷はなかった。毒殺について、私は二つの結論を導き出した。（一）前回と同じ薬物が用いられたのではない、（二）量的な間違いがあった。つまり、新たな犯人がいるのかもしれず、また、犯人はこの新しい薬物の性質をよく知らなかったのかもしれない。

マニングは戻ってこなかった。

頭のなかでホテルにいるメンバーを思い返し、誰ならこんな間違いを犯しかねないだろうかと考えてみたが、候補者が多すぎるうえ、誰か特定の人のことを考えただけで身震いがした。

「マニングはなにをぐずぐずしているのでしょうね？」アットウェルが苛立ちを露わにして声を上げた。「私が鞄を探してきます」

呆《ほう》けたようでいて真剣なオーブリーの目がドアのところまで彼を追った。

「この調子では我々だけになってしまうかもしれませんな」酔っ払ったモンテスが言った。

オーブリーは黙っていた。その時から私は彼の能力に疑問を抱き始めた。

鞄を手に戻ってきたアットウェルが説明を始めた。

「モンテスさんのベッドの上にありました。なぜドクトル・マニングに見つけられなかったのか、まったく理解できません」

「マニングを見つけるほうがもっと難しいかもしれませんな」モンテスが答えた。

未来を見通せぬ神々は、しばしば子供や狂人の口を借りて話すものだ。酔っ払いの口に乗り移ることもあるかもしれない。

モンテスは鞄を広げ、カフェインを探し始めたところで、ベロナールの筒が一本なくなっていることに気づいた。告白するが、私は一瞬モンテスに不信の目を向け、彼の酩酊《めいてい》には偽装があるのではないかと思った。だが、ここで信じられないことを証言しておかねばなるまい。半ば閉じたモンテスの目を正面から見つめると、そこに嘲るような不安があったのだ。

私は些事にかまうことなく再びコルネホの死について考えてみた。ベロナールというのは、穏やかな愛の狂気を夢見ながらも悲劇的な死の副産物をとり逃したくない者たちが使う偽の武器だ。

そして今、混乱した憶測のように現れた思慮深い手が、過たず睡眠薬の量を調節している。コルネホの手だ。

歴史には、他人の未熟によって大物となった人物がいる。これまでのオーブリーの稚拙さは、すべてアットウェルを引き立てているような気がしてきた。この偉大なる探偵が入場してきた時、私は耐磁性時計の黒い文字盤を見てその正確な時刻をしっかり記憶したが、これこそ私の感情を象徴しているのだろうか？　一つだけ付記しておくと、ここで私が思い出すのは、手柄がしかるべき人の手に渡ることはほとんどない、というペーローレスの言葉だ。ハムレットが独白で自問自答するとおり、「恐ろしいことではないか?」

アットウェルが口を開いた。

「すぐにミゲルとマニングを探さねばなりませんね。二人のどちらかが宝石を持ち去ったのでしょう。どこかに隠す猶予を与えてはなりません」

警部補は興味深そうに彼を見つめて言った。

「この砂嵐では二メートル先も見えません。何もできませんよ」

「今のところまだ何も行われていません」アットウェルが答えた。「しかも、言わせていただければ、警部補の言う関係者の〈厳格な〉外出禁止はまったく機能していません。もっと簡単な措置を講じてはいかがですか。警官の一人に命じて、全員を一部屋に集めてください」そしてアットウェルは私に向かって言った。「ドクトル・ウベルマン、この状態でドクトル・コルネホに何かしてやれることはありますか?」

返答に窮したが、事実を告げることにした。

「何もないと思います」

「それでは二手に分かれましょう」アットウェルが命令口調になった。「逃げようとする者が抵抗した場合に備えて、武器を携行したほうがいいですね。オーブリー警部補と警官一名は、北東方向へ進んで、その後、扇を描くように南へ進む。ドクトル・ウベルマンと私は、まず南東へ進み、その後、西へ向かう。現在十時二十分、午後五時前には全員ホテルに戻ることにしましょう。サングラスをお持ちの方はかけたほうがいいでしょうね」

誰よりも警部補がアットウェルの絶対的権威を感じ取ったことだろう。提案は何の反対もなく受け入れられた。

私は部屋へ下り、ベレー帽、眼鏡、カルロータ叔母さんが編んでくれたマフラー、海軍士官候補生用のコートを身に纏った。ボーイスカウト時代にマルティネスで野営した頃の記憶が蘇った。あの時は、ポケットの一つを水筒で膨らませ、別のポケットにはクラッカーを一箱入れていた。

## 二十八

濁った光のなかへ歩み出していくと、そこは突風と砂嵐の間で地面も空もなくなった無の抽象的世界であり、固体のようになってざらついた熱く苦しい空気のなかで、物体がばらばらになっていた。私は身を屈《かが》め、強風をやり過ごすための見えないトンネルでも探すように手探りで、目を半ば閉じたまま、アットウェルとはぐれないよう注意して進んだ。

流動的で底知れぬ砂地が相手となれば、登山家のように、ロープで繋がれた状態で踏み込むほうがよかった、そう気づいた時にはすでに遅かった！

咄嗟に思いつくかぎりでは――こんな時にゆっくり理論立てて考えることなどできない――、これほどひどい状況に置かれるのは生まれて初めてであり、私の学歴では想定外の問題と危険に直面している以上、ひたすら同志アットウェルについていくよりほかに選択肢はなさそうだった。私にできることは、必死に彼の後を追うこと、それだけで、どこへ向かっているのかなど考えもしなかった。目の前の障害を乗り越えることだけに集中し、時間や目的の観念は完全に忘れた。その時私に与えられた使命は、果てしない世界を進むことだった。迷子になるなどという懸念は消え、アットウェルとはぐれることだけが唯一の不安だった。

「待っていてください。すぐ戻ります」アットウェルが大声で言った。

私は立ち止まった。白い壁の脇だった。アットウェルの姿は消えていた。

視界が悪いうえ、『アトランティド』の記憶、さらにそれと似た冒険を夢に見た記憶が混入してきたせいで、辺り一面の白が途轍もない迷宮建築のように見えてきた。じっと目を凝らすと、セメントの階段と緑色の入り口が見え、ホテル・ニュー・オステンデだとわかった。

なぜアットウェルは私の同行を嫌がったのだろうか？　ホテルのなかで待つよう指示してくれてもよさそうなものだった。私は抑えがたい衝動に囚われ、階段を二段飛ばしで上って入り口をノックしてみようかとも思ったが、じっとしていた。責任の放棄、他人任せという危険な態度に徹するあまり、アットウェルの指示に背く気になれなかったのだ。

その時までは、肌にあたる砂や、風に煽られる服といったごく二次的な感覚しか体に残らなかったが、今や、胸の真ん中から屈辱感と怨念の貪欲な火が立ち昇ってきた。

私は待ち続けた。ようやくアットウェルが戻ってきた。

「なぜ私を外に立たせておくのです？」私は荒っぽい口調で言った。

「何ですか？」

何をしてもこの不快感は拭えまいと悟った私には、同じ質問を繰り返すことさえ腹立たしくて不愉快だった。

「拳銃を取りにいったのです」アットウェルは言った。

私の求める説明ではなかった。風のせいでやむなくこんな答えを返しているとでもいうのだろうか？　あるいは、何か秘密の不安があるのだろうか……？

アットウェル任せで五〇メートルほど進んだところで、彼の言葉の真意がようやくわかった。マニングと撃ち合いになる、そんなことを考えた――その時は他の可能性は何も思いつかなかった――だけで不快だった。

風と格闘しながら、這うように砂地を進むうちに、黒い灌木の生い茂る一帯に到達し、地盤が明らかに変わってきた――泥と土が支配的になってきた――ばかりか、嵐も少し収まったように感じられた。立ち止まると、二つの臭いが鼻を突いた。一方は、すぐそこから立ち昇る湿気と泥の臭い、もう一方はもっと強烈で、大きな腐臭物から流れ出てくるようだった。アットウェルが地面の固さを確かめながら一歩前に踏み出した。

「灌木を迂回しましょう」彼は言った。

アットウェルが注意深く進み、私が後に続いた。エステバンから聞いた薬局店主の馬の話を思い出した。アットウェルとはぐれるとか、灌木の後ろから怪しい犯罪者となったマニングが現れるとか、そんな事態は頭になく、泥に嵌まり込む、それだけが私の頭にこびりついて離れない危険だった。そのまましばらく歩き続けたが、どこへ向かっているのか、ホテルはどの方角にあるのか、そんなことを考えるゆとりもなく、すべてはアットウェル任せだった。

泥のなかに蜘蛛が一匹見えたような気がした。その後も何匹か現れ、そしてもっと大量の数になった。蟹だった。転んだら、うつ伏せのまま、泳いでいるような姿勢になることだろう、などと思った。顔が泥に埋まり、目の前で蟹がちょろちょろ動き回ることだろう。仰向けに倒れるほうがまだましかもしれないが、そんなことになれば、姿の見えない蟹の臆病な脚にしつこく何度もつつき回されることになりそうで、もっと恐ろしいかもしれなかった。

最後の灌木を迂回したところで、風の叫びに混ざって荒れ狂う海の音が遠くから届き、目の前に、最も恐ろしい絶望的な光景が広がった。蟹に埋め尽くされて黒く、粘っこく、果てしなく広がる砂浜。《こういう景色を見てしまうと、後に地獄でまた出くわすことになるからタチが悪い》、私は思った。

水平線に沿って広がる海を思い浮かべた。蟹で埋め尽くされた砂浜に突き出た小山が、潮に引きずられたボートのように見えた。

「あれは何ですか」私は訊いた。

「鯨です」アットウェルは大声で言った。

腐臭が感じられた。蟹に囲まれて貪られていく大きな鯨を想像してみた。

「戻りましょう。捜索を続けねばなりません」

暗い灌木の迷宮に再び踏み込んだが、アットウェルの歩く速度がはやすぎて、二、三度彼に、待ってくれと声を掛けねばならなかった。地面を足で探るためにたえず立ち止まりながら私は進んでいた。こんなうぶれたところで死にたくはない。

私を待つアットウェルを見つけて、喜びを押し殺した。ようやく彼のもとまで辿り着けた。

「聞こえましたか？」彼が問いを向けてきた。

その声の妙な抑揚に私はぎくりとした。

「何も」私は正直に言った。

「このあたりにいるはずです」彼はポケットから黒い拳銃を取り出した。「行きましょう」

「私はここで待ちます」私は言った。

両腕、両脚が不思議な麻痺に囚われ、彼の後に続くことができなかった。アットウェルは灌木を迂回して姿を消した。声を上げようかとも思ったが、そんなことをすればマニングが警戒するかもしれない。あるいは、声も出ない状態になっているのだろうか？　その後、声を絞り出してみたが、答えがないことはすぐにわかった。事実、答えはなかった。泥の危険も顧みず私は駆け出し、同じ灌木を迂回して、アットウェルがいるはずのところへ辿り着いた。彼の姿はなかった。

不思議な静寂があった。いつ訪れたのかわからなかった。嵐の終わりなのか、あるいは小休止にすぎないのか。光は緑味を帯び、時には紫に染まった。何時の光なのかまったく見当がつかなかった。

再び声を上げてみたが、やはり答えはなく、引き返して、アットウェルと別れたところまで戻ろうとした。灌木はどれもみな同じで、同じ場所なのか確信はなかったが、私はその場に腰を下ろした。

どのくらい時間が経ったのかわからなくなっていたが、アットウェルはあまりに忽然と姿を消しており、どこかに隠れているのではないかとさえ思われた。

そして私は最も重要な問いを自分に投げかけた。決して危険を冒さないことを行動の基本原則としている私、いかなる政府に対するいかなる反対表明にも署名したことのない私、秩序を打ち立てるために暴力に訴えるくらいなら秩序を秩序で偽装することを選ぶ私、理想を貫き通すくらいなら踏みにじられてもかまわないと思う私、ただ一介の市民であることだけを求め、自分の内側にある豊かな自然のうちに〈秘密の道〉、すなわち外敵内敵からの避難場所を見出すこの私が、いったいなぜ――私は再び声を上げた――こんな大それた嘘に巻き込まれ、アットウェルの愚かしい命令に従ってしまったのだ？　運命を買収するようなつもりで私は、もし生きてホテルに帰ることができたら、これに懲りて、二度と虚栄心や隷属や高慢に流されて愚かな真似はすまい、そう心に誓った。

アットウェルに探してもらおうと思うのなら、ここを動くべきではなかった。だが、アットウェルに探してもらうほうが本当にいいのだろうか？　なぜ姿をくらませてしまったのだろう？　なぜ隠れているのだろう？　あの灌木こそ、私が追い求めていた灌木かもしれない。あれが指定された場所なのだ。敵たちが私を見つけられるとわかっている場所、何の危険もなく私を殺すことのできる場所。

逃げたかったが、私はその場にとどまった。ここで動くのは危険だ。まだホテルの砂地からそう遠くへ来てはいない。灌木を一本一本伝っていくうちに、植物と泥の恐ろしい迷宮に避けがたく踏み込んでしまうかもしれない。

恐怖を押さえつけ、蟹の巣窟で一晩過ごす可能性について考えてみた。その周りをうろつく動物たち、敏《びん》捷《しょう》で邪悪な猫、野生の豚の群れ、そして嵐が止めば腐肉と間違えて私をつつくハゲタカのことを考えた。泥に、夢に、月のない夜に横たわる私の体を思い浮かべた。その泥とは、蟹の脚でできた流動体。気紛れなイメージの組み合わせには気をつけねばならない。落ち着いて待たねばならない。もうどのくらい待っただろう？　焦りすぎて時計を見る気にもならない。灌木を避けようともせず、適当に歩き始めると、風が強まって身を屈めねばならなくなった。突如顔にまた砂が感じられ、たまらず走り出すと、足がもつれて泥のなかへ倒れ込んだ。濡れた体で震えながら立ち上がると、顔を打ちつける風に砂は感じられなかった。神経のコントロールが利かなくなりそうだった。自分が医者である以上、症状を見逃すことはない。とりあえず、魔法瓶と竹筒にすがった。

このおぞましい午後をめぐる次の記憶では、私は疲れ切ってあてもなくさまよっており、たえず転びながら、もはや蟹との接触にさえ無感覚になって、最低レベルの意識だけに導かれていた。灌木の隙間から、遠くに広がる砂地が見えたように思った。ようやく最後の灌木に辿り着くと、そこは蟹の砂浜であり、水平線から届く海の音とともに、鯨の死骸が見えた。アットウェルと一緒にいた場所に舞い戻ったわけだ。迷子の人間は左回りに、動物は右回りに（あるいは逆だったかもしれない）、それぞれ円を描くというが、私もその致命的サイクルに入り込んでいたのだ。

私は泣いたと思う。絶望の向こうに睡眠か呆然自失を見出したように、私の意識は停止したと思う。その後、優しい温もりを感じて目を開けると、手から赤紫のオーロラが立ち昇っているように感じられた。無関心な目が小さな遠い太陽を見つめた。

混乱した状態で私は時計を見た。午後四時三十五分だった。太陽を見て、海を見た。希望を新たに、私は北へ向かった。

## 二十九

疲労と痛みで憔悴《しょうすい》した状態で、乾いた泥と砂に全身を覆われ、焼けた目と、痛みはするが前向きな頭を抱えて、私はホテルに到着した。なんとか辛い道程を乗り越えられたのは、たった一つの目的に支えられていたからだった。熱いシャワーとハマメリスのマッサージの後、卵を添えたフリカンドー、サラダ、フルーツ、ミネラルウォーターをアンドレアにベッドまで届けてもらう。

再びホテルの入り口に立つ瞬間をどれほど強く待ち望んだことだろう！　ノックする必要もなく、魔法のようにドアが開き、そこにいたのは、ノブに手を掛けた警部補と、アルコールで陽気になったモンテスだった。建物の内部、そして装飾品は、詩人が決して取り上げることのない二つの魔法――家庭の魔法、日常の魔法――がいかに落ち着いた揺るぎない確信を醸し出すか示していた！　遭難者が船に助け上げられるようにして、いや、それどころか、〈愛する島、イタカの家へ〉戻るユリシーズのように、私はホテルに辿り着いたのだ。

「逃亡されたのかと思いましたよ」モンテスが言った。

またもや砂地、蟹、泥、これがこの同業者の心に巣食っているらしい。〈冬の風も同朋の心ほど残酷ではない。〉

「アットウェルと一緒ではなかったのですか」オーブリーが問いかけてきた。

「いえ」私は答えた。「はぐれたのです。少年は？」

まだ見つかっていなかった。マニングのことも訊いてみた。

「私はここです」マニング自身が答えた。

挨拶代わりにパイプを揺らし、灰の霧雨の間から鷹揚に微笑みかけていた。

私は慌てて応じた。

「あなたを疑ったことはありません」

モンテスとの対話で見事にはまったこの言葉が、マニングには意外だったようで、彼はほぼ感情を取り繕うこともなく、眉を吊《つ》り上げて冷淡に私を見つめた。

「そろそろ嵐はやむでしょうな」窓に近寄りながらモンテスが言った。「カモメが見えます」

マニングが口を挟んだ。

「これからどうされますか？」

私に向けられた問いかと思って、《シャワー、マッサージ》などと答えようとしたところで、警部補の声が聞こえた。

「宝石を取り返さねばなりません」

他の者たちが議論を続ける間に——困惑と無知と情報不足をぶつけ合っていた——、私の頭に閃《ひらめ》きがあった。休息をとるか、義務を果たすか、ジレンマがあったが、私はためらわなかった。

「どこに宝石があるか、私にはわかります」音節を区切るようにして私は言った。「誰が犯人かもわかりました」

発言の効果は楽観的な期待以上だった。警部補は冷静さを失い、マニングは冷淡な態度を、そしてモンテスは酩酊を忘れた。三人揃って私の口を見つめ、神の宣託を待ち受けてでもいるようだった。

「犯人は少年です」ようやく私は言った。「メアリーに病的な情熱を向けて逆恨みしたうえ、告発されるのを恐れて……」

「証拠はあるのですか？」警部補は言った。

「宝石がどこにあるかはわかります」勝ち誇ったように私は言った。「一緒に来てください」

断固たる足取りで、やや仰々しく私は進んだ。前に後ろに影を従えながら我々は階段を下り、暗い廊下を通ってトランク部屋の前まで来た。

「マッチはありますか？」私は訊いた。

蠟燭に火が点ったところで、私は決然と人差し指を突き出した。

「宝石はあそこです」

警部補が鳥を持ち上げた。

「軽すぎます」頭を振りながら彼は言った。「藁と羽だけです」

私が立ち直る前に、容赦ない小刀が鳥の胸を引き裂いた。警部補の言うとおりだった。

私は勝利も敗北も公平に伝えるつもりだ。不誠実な記録者だと言われる覚えはない。

過ち——これが過ちと呼べるのならば——を恥じるつもりはない。無知な者は過ちなど犯さない。私は文学者であり、読書家でもあり、私のような立場の者がよく陥るとおり、現実を本と混同したのだ。本の世界でまず鳥の剝製が現れ、その後宝石がなくなるとすれば、そこを隠し場所にしないほど愚かな作者がいるだろうか？

# 三十

自分のしたことが失敗の名に値するとは思わない。自己嫌悪も気恥ずかしさも恨みもなく、あの時感じていたことといえば、泥を拭って熱い湯につかりたい、やわらかいクッションと肌触りのいい枕と清潔なシーツに囲まれてサラダとフルーツを食べたい、そんな逼迫《ひっぱく》した欲求だけだった。

私は抜け目なく言った。

「皆さん、食堂へ行きましょう」

こんな偽りの誘いかけとともに、私は男たちをアンドレアの居場所へ導いた。彼女に夕食の準備を頼もうと心密かに目論んでいたのだ。

食堂の細長いテーブルに男たちが座ったところで、オーブリーは陰鬱に我々を見つめながら言った。

「ヴェルモット会議へようこそ」

誘惑には逆らいがたく、私は腰を下ろした。この言葉を聞いた後で引き下がるわけにはいかなかった。（《数分したら立ち上がろう》と考えていた。）すぐにタイピストがボトルとグラスを持って現れ、マニングが話し出した。

他人の経験にまったく影響されない人はいるもので、マニングはそういうタイプだった。メアリーの死をめぐる真実はわかっているという彼の断固たる口調を耳にして、私は苛立ちを覚えた。

だが、予想に反して彼は、文学的想像力の導きで脇道に逸れた同志への当てつけを口にしたりはしなかった……品性なのか、思慮なのか？

「こちらのお二方にはすでに説明したのですが」警部補とモンテスを指差しながらマニングは切り出した。「私はホテル・ニュー・オステンデへ本を探しに行っていました。こちらです」

彼がポケットから取り出した本の表紙は、緑と紫と黒と白を複雑に組み合わせた突飛なデザインだった。我々は、黙ったまま、わけもわからず一人ひとり本を手に取った。作者はイギリス人のフィルポッツだったように思う。

「二〇ページの、印をつけた段落を読んでください」マニングは続けた。

警部補は鼈甲の眼鏡をかけ、視線より素早く指を動かしながら、戸惑いがちな声で該当部を読み上げた。メアリーが別れを告げた文面だったが、実際には、メアリーともアットウェルともエミリアとも関係のない細部ばかり記された長い手紙であり、二一ページに入ったところで、「感謝する友人より」という言葉、そして「ベン」という署名で終わっていた。

「これはどういう意味です？」オーブリーは訊いた。

「つまり」マニングは答えた。「アットウェル警部は、メアリー氏の翻訳した小説の一作を自宅に持ち帰ったのです」

この言葉に我々が打ちのめされるのを待ってでもいるように、彼はしばらく沈黙を守った。

「振り返ってみましょう」そして彼は切り出した。「事件の前日、実行すべき時が来たことを犯人に確信させる事件が二つ起こりました。ビーチでは、メアリーが荒れた海で泳ぐと言い張って、アットウェルが機嫌を損ねました。捜査員にとって、このいさかいは、アットウェルがメアリーの死を望んでいなかったという主張の根拠となるでしょう。次に、救出の場面について考えてみましょう。メアリーを助けたのはエミリアですから、エミリアもメアリーの死を望んでいたわけではありません。聡明な探偵の導き出すもう一つの推理は、メアリーに向かって海へ出てもいいと言ったコルネホこそ、まだいささか現実味に乏しいとはいえ、実は疑わしいのではないか、というものです。しかし、この一連の議論に対しては、そもそもメアリーの身に危険が迫っていたことを示す証拠は何もない、という反論が可能でしょう。彼女自身も否定していますし、風と潮流を知り尽くすコルネホが、泳いでも危険はないと判断したのです。ここから浮かび上がってくる可能性は、エミリアとアットウェルがグルだったということです。とはいえ、私はエミリアが犯罪に加担したとは思いません。あの浜辺のいきさつで彼女は、期せずしてアットウェルの道具になったのでしょう。溺れ死ぬまいとして波間でもがく人の動きは、近くから見ているときでさえ、陽気にはしゃいでいるように見えるものですし、その逆もしかりです。泳いでくるというメアリーに対し、まずアットウェルは攻撃的な空気を作り上げ、その後、「戻れないよ」と大声を上げることで（メアリーは沖合でちゃんと泳いでいました）、全員を納得させます。どれほど冒険に満ちた人生を送っても満たされることのないメロドラマへの憧れ、そして、差異や敵意を乗り越えて発揮される人助けの精神、人間同士の密かな同胞愛、そんなもののせいで、誰かの身に危険が迫っていると言われれば、我々は容易にこれを無視することができません。我々の見るところ、すでに容疑者ではないと言って差し支えのないドクトル・ウベルマン、むしろ中立的な証言者とさえ言えるドクトル・ウベルマンでさえ、メアリーが溺れそうだと思い込んだほどです」

「それに我々は、マニングさんが未来のソリティア名人だと思い込んでいましたね……」ドクトル・モンテスが溜め息を漏らした。

「そして次に」マニングが続けた。「食後のいさかいと、その後エミリアが姿を消したいきさつについて考えてみましょう。エミリアがメアリーに憤慨する一方で、アットウェルは仲裁に入り、公平を装っていました。この状況を普通に判断すれば、捜査員たちはアットウェルの肩を持ち、遅かれ早かれエミリアに疑いの目を向けることでしょう」

オーブリーは驚いた目で彼を見つめ、チーズを二切れ、オリーブを三つ、そしてヴェルモットを一口、立て続けに貪った。マニングは続けた。

「そしてメアリーの死体が発見されます。警部補のお考えでは、アットウェル警部には——エミリア氏と同じく——、動機はあるものの、アリバイがある、ということでした。犯行時刻はその日の未明で、アットウェルはその頃ホテル・ニュー・オステンデで就寝中だった。私に言わせれば、これは一見もっともらしくとも中身に欠ける論拠です。火器による犯行ならともかく、殺人に使われたのは毒物です。アットウェルには、ドクトル・コルネホとともにエミリア氏を探しに下りていった際に、ナイトテーブルに置かれたココアのカップに毒を盛ることができたはずです」

「言ったとおりでしょう、警部補」モンテスが口を挟んだ。「犯行の動機と機会を区別しようとしすぎるあまり、目前の事件から目を背けてしまったのですよ」

私はきっぱりと言った。

「その区別自体は妥当です」

「おそらくフィルポッツの作品の翻訳原稿からだと思いますが」マニングは続けた。「アットウェルはこのページを見つけて、こんな〈物的証拠〉があれば疑われることなく殺せると思い込んだのでしょう。その後彼は、このページをメアリーの新しい翻訳原稿に紛れ込ませ、同じ日の夜か翌朝、メアリーの蔵書から原書を持ち出すことで、メアリーのメッセージが実は小説の一段落にすぎないことを誰にも確かめられないようにしたのです。テーブルの上でページを発見したのは私ですが、確実に見つかるよう仕組んだのは、間違いなくアットウェルです。告白しますが、まだ十分に理解できぬままあの手稿を読み進める作業は、実に刺激的でした。真実の慎み深い輝きを垣間見たように思い込んでいましたから。おそらく、事件の解決という勝利を垣間見ていたのでしょうね。アットウェルに話してみましたが、彼の反応はむしろ冷淡で、彼の心を動かすために、私はもっと熱を込めて話しました。自分が関わるのは嫌だが、役立ちそうな情報を提供しよう、そう彼は言って、当時メアリーが翻訳していたイギリスの小説を持ってきてくれました。私はそれを読み、すでに翻訳の終わっていた小説を二人で読みました。アットウェルに巧みに誘導されていたせいで、私は彼の目論見どおりに考え、行動していたのです。しかし、利己主義の無邪気さなのか、彼は一つ過ちを犯しました。彼にとって好都合な推論に落ち着いたところで私の思考は停止するだろうと考えていたのです。実際には、そうはなりませんでした」

　マニングが窓辺に放った蜘蛛と、三日のうちに作られた蜘蛛の巣が私の記憶に蘇った。マニングは続けていた。

「アットウェルの計画はわかるような気がします。すなわち、それほどの数ではないとはいえ、エミリアが犯人だと示唆しかねない痕跡がいくつかある。そこで、犯人を突き止めようと逸る警察が、そうした痕跡を手掛かりに推論を巡らせてエミリアを逮捕しかねない事態にまでなれば、自殺を示唆する〈証拠〉を持ち出す。それで捜査は一件落着、そう考えていたのでしょう。事実、紆余曲折はありましたが、最終的に警察は、渋りながらも最初の仮説を捨て、もう一方に飛びつきました。ところが彼は、厳しい尋問によって証拠を摑むという、オーブリー警部補の一途な捜査手法を考慮に入れていませんでした。この点、そして、何としてもエミリアに罪を着せようという警部補の強い決意が、熟慮のうえに練り上げられた野心的計画を打ち砕いたのです。アットウェルは良心の呵責を感じるような男ではなく、都合の悪い状況を脱け出すためだけに――恋人の姉と通じていました――殺人に打って出たわけですが、自分の罪を被ってエミリアが拷問され、有罪宣告を受けるとなれば、これを見過ごすわけにはいきません。その瞬間から彼は、神経を高ぶらせ、行き当たりばったりに行動するようになりました。宝石の盗難はその最たる例です。あれは盗みなどではなく、真犯人の存在を臭わすためにアットウェルが仕組んだ偽装です。（エミリアはいずれあの宝石を相続することになるのですから、盗む必要などありません。）アットウェルは、わざわざ危険を冒して、殺人犯と窃盗犯、犯人が二人いる可能性をでっちあげようとしたのです。しかし、ここにはそもそもごくわずかしか人がいないのですから、もう一人犯人がいるというのは無茶な話です。そんなことを立証されても、信じる気にはならないでしょう。ところが、コルネホが死体にすり寄る少年の姿を見たというので、アットウェルはこれを利用しようとします。おそらく、邪悪な心の少年だと考えて、悪事をもう一つ彼に着せたところで問題はないと思ったのでしょう。理解はできますが、許されることではありません。だからこそ、こうして、警察組織に属していない私が彼に不利な説明をしているのです。私の振る舞いがお節介でむごいと思われるかもしれませんが、あの子が逃げ出したり、情熱や不安を抱えたりするというので、そこにつけ込んで病的感性を取り沙汰したのはアットウェルです。彼について言える肯定的なことといえば、愛する女性を救おうと必死になるあまり冷静さを失った、それぐらいでしょう。コルネホを襲ったのも、同じ理由からでしょう。タイピストがメアリーの部屋に入ったのは、キスの一件があった後で、アットウェルが宝石を持ち出す前のことですから、ミゲルが盗んだのではないことを証言できたかもしれません。警部補がコルネホとタイピストの証言をとろうとした、まさにそのタイミングでアットウェルがコルネホを襲ったのは、我々の注意をタイピストから逸らせ、コルネホが重要な証拠を握っていたと思わせるためです。この件に関しては、アットウェルを強く咎めることはやめましょう。彼が意図したのは、コルネホを気絶させることであって、殺すことではなかったのです。コルネホがメアリーに渡したメモについては、詳しい説明は不要でしょう。アットウェルがそれを見つけて、まずは伏せておき（だから最初の捜索で警察に見つけられなかったのです）、混乱を引き起こして捜査を攪乱《かくらん》しようという段になって、再びメアリーの部屋に置いたのです。それはともかく、話を先に進めると、今朝、私が口実を設けてホテルを出ていたことを思い出したアットウェルは、すぐに事態を察したのでしょう。即座に救助隊を編成して、ドクトル・ウベルマンとともにニュー・オステンデへ向かい、そこでフィルポッツの本がなくなっていることを確かめる。この本を見れば、メアリーのメッセージは単に翻訳の一節でしかないことがわかる。この時に宝石も持ち出したのでしょう。実は砂浜で私と行き違ったのかもしれません。嵐に助けられたということですね。私と出くわしていれば、私を殺して、メアリー殺人の罪を私に着せたことでしょう」

ドクトル・モンテスが問いを向けた。

「アットウェルはどういう理由でメアリーを殺したのですか？」

オーブリー警部補は目を大きく開いて彼を見つめた。

「殺人の理由はいくらでも考えられます」マニングは答えた。「ここにいらっしゃるドクトル・ウベルマンは、メアリー氏の人柄について実に興味深いことを証言していらっしゃいます。男が女に惚《ほ》れて、別の女に支配される、珍しいことではありませんよ」

目に見えない運命の本をマニングが握っているとでもいうように、アットウェルがどこにいるのか私は訊いてみた。

「逃げているか、あるいは、蟹の巣窟で自殺したかでしょう」

## 三十一

我らがミュスカリウスこと、髪を振り乱した肥満体のタイピストが現れ、カナブンの羽音に注意を向けた後、機械的に言った。

「もう一つのホテルのオーナー、ラ・ブルーナ氏が警部補とお話ししたいそうです」

彼女が下がる前に警部補は言葉をかけ、ラ・ブルーナ氏を通すよう命じた。

ワーグナーに似た男だったが、もう少し若かった。パジャマの上着とカフェオレ色のゆったりしたズボンを着ていた。彼はオーブリーに包みを渡しながら言った。

「今日の正午頃、アットウェル警部が私に託されたものです。到着が遅れて申し訳ありませんでしたが、なにせこの颪ですので、外出もままなりませんでした」

「警部はどちらにいかれたのですか？」オーブリーが訊いた。

「存じません」ラ・ブルーナが答えた。「これを警部補に渡してほしいと言って、そのままどこかへ行かれました。この嵐の最中に外出は控えたほうがいいと申し上げましたが、警部の目を見て、これ以上何も言わないほうが賢明だと判断しました」

　オーブリーが包みを持ったまま退室し、残された我々は、何を話せばいいのかもわからなかった。私が天気の話題を持ち出すと、ラ・ブルーナは、今夜中に回復すると請け合った。その後、彼は挨拶の言葉とともに辞去した。

　警部補が再び現れ、秘密がようやく明かされそうだとでもいうように、詮索好きな日に憂鬱な光を湛えて我々を交互に見つめた後に問いを発した。

「アットウェルが何を送ってきたと思います？」

「宝石でしょう」マニングが答えた。

　そのとおりだった。いいタイミングだと思って私は口を挟んだ。

「アットウェルが送ったのではありませんよ。本物の宝石ではありません。ラ・ブルーナ氏はラ・ブルーナ氏ではありません。我々を納得させるためにマニングがこしらえた巧妙な作り話です」

警部補の厳しい視線を浴びてマニングは顔を赤らめた。あの石や金属のほうがどんなメッセージを記した紙より雄弁だと私は思った。

「それで、どうするのですか？」

「エミリア氏に宝石を渡します。直接手渡ししてきます」

私としては、会見の場を何としても見届けたかった。

「シャワーを浴びて、着替えてきます」私は言った。

シャワーという水浴び天国を心待ちにしていたのだ！　だが、この言葉を発したことで、すでに私はその瞬間を先延ばしにしていた。

## 三十二

私は暗い廊下でメアリーの部屋の前に陣取り、じっくり事態の推移を観察することにした。

すぐに私は、この大それた振る舞いを後悔した。いったいどんな運命に衝き動かされてこの問題に首を突っ込もうとしたのだろう？　私はすでに奇跡的とさえ言えるほど完全に面倒も責任も免れていたのに、なぜこの最終段階で危険を冒したのだろう？　なぜ不健全な好奇心に流されてペトロニウスから、文学から、映画から離れたのだろう？　答えは明らかだった。私は飽くことのない人類の観察者であり、人間の特性や反応や性格を調べるためとあらば、不便も危険も顧みなくなってしまうのだ。

オーブリー警部補は静かに階段の踊り場に現れ、私が隠れているところへ向かって進んできた。右手に宝石の包みを持っていた。立ち止まった位置で手を伸ばしていれば、私に触れていたことだろう。彼がノックすると、エミリアがドアを開け、警部補の背中、そしてエミリアの体の正面が目に入った。

「宝石をお持ちしました」警部補は言って、包みを渡した。

エミリアの目に控え目な喜びが見え隠れした。警部補は言葉を続けた。

「アットウェルからです」

「彼が見つけたのですか？」

「見つけたというより、返却してきた、ということでしょう」

エミリアは理解できぬまま相手を見つめた。

「これは自白にも等しい行為です」警部補は荒っぽい口調で言った。「メアリー氏を殺したのはアットウェルです。現在、部下たちが泥地を捜索中です。生きていればいいのですが」

「嘘だわ！」エミリアが声を荒げると、そのヒステリーに私は打ちのめされそうになった。「すでに死んでいます。私を救うためです。信じてください、私を救うためです。私がすべて悪いのです」

その後、不明瞭な言葉が続き、警部補がエミリアを宥めていたかと思えば、説き伏せるような調子の長い話があり、最後に二人は穏やかに別れた。警部補は部屋を出てドアを閉め、しっかりした足取りで遠ざかった。

私は体を固めてそのままじっとしていた。どのくらいの時間そうしていたのだろう？　十分、三十分ぐらいだろうか。死者のいる部屋で何か重いものが落ちるような音がした。白く震える私の手がドアノブを摑み、開ける前から私には何が起こったかわかっていた。エミリアの体が床に伸びていた。テーブルには小瓶があり、ラベルには〈ストリキニーネ〉の文字が見えた。

# 三十三

食堂に集まって、煙草をふかし、コーヒーを飲み、警部補の拙《つたな》い話しぶりに耳を傾けながら、困難と不安の夜を過ごした後、我々は曙光《しょこう》を迎え入れた。

「アットウェルの足取りに関するマニングの推理はすべて当たっていましたが」オーブリーは最後に話をまとめた。「一つだけ違っていました。メアリー氏を殺したのは彼ではなかったのです。最初の瞬間から犯人はエミリアだと察して、彼女を助けるために、時に抜け目なく、時に稚拙に、身勝手に、そして英雄的に振る舞ったようで、子供を悪者に仕立てることさえ辞さず、そのうえ、すべてが失われたと見るや、自分が犯人だと我々を納得させるために自殺まで厭《いと》わなかったのです。今や、疑いの余地はありません。犯人はエミリアです。家中探しても見つからなかった毒物、メアリー氏を殺したのと同じ毒物で、自らの命を絶とうとしました」

テーブルの上に載るメアリーの鞄は、廊下の薄闇から私がこっそり見ていたあの午後、アットウェルが探っていたのと同じものだった。警部補は鞄を開け、我々の一人ひとりに相当量の原稿の束を渡した。自分に渡された束をめくり始めると（その時こっそり抜き取った数枚は、今も形見としてここに保管している）、連続する数字が打たれた紙は小説の一章らしく、他方、一つの段落や文章しか記されていない紙もあった（同じ文章の変形や修正版も含む）。例えば、その一枚には「私は靴下を脱いだ」とあり、もう少し下に「私はソックスを脱いだ」という修正版があった。別の紙には「私がそこに到着した四日後、男が到着した」とあり、その下に「男がやってきた」とあった（メアリーの鋭い聴覚と語彙の豊かさを証し立てている）。オーブリーが我々に向かって言った。

「そんな紙の一枚が死者のメッセージとして使われたわけです。メアリーと深い仲にあった警部は、彼女が翻訳の写しをすべて保管していることを知っていたのでしょう。そして、婚約者の身に危険が迫ると見るや、メアリーの習性に目をつけ、イギリス人作家フィルポッツの小説に登場する手紙のことを思い出して、鞄から原稿を探し出したのでしょう。そして幸運にも見つけ出した、いや、アットウェルは聡明な男ですから、それも必然なのでしょう」

その直後、オーブリーの部下の一人が食堂に入ってきた。泥だらけで、目の下に隈《くま》を作っていた。前夜彼は、もう一人の警官、そして泥地を知り尽くす運転手とともに、アットウェルの捜索に出掛け、灌木の脇で眠りに落ちた彼を発見した。彼が自由に動き得たのはわずか数時間のことであり、そんな短時間では泥地を脱け出すことはおろか、死ぬことさえできず、道に迷って疲れ切った末、眠り込んでしまったのだ。現在アットウェルは執務室におり、私は顔を合わせたくなかったが、とはいえ、生きて帰ってきたことは大きな喜びだった。すでに彼の婚約者エミリアも危機を脱しており、間もなく私が二人の面会を許可することになるだろう。ドア脇の暗がりに医者が隠れていたことはまさに天恵であり、あと数分遅ければ、あらゆる期待を背負った若い命が失われていたことだろう。悲劇を前に私の脳は停止していたが、この両手、職業人の従順な手は適切に嘔吐の誘発を行った。

私は深く息をつき、揺らめく誇りと控え目な喜びが胸を押し広げた。今度こそしっかりシャワーを浴びて、清潔な服に着替え、朝食をとろうと思った。まだ気を張りつめたまま朝を眺めたが、その時心の内にあったのは、徹夜の後で避けがたく訪れる後悔の疲労ではなく、心地よい目覚めに伴う喜びと信頼の気持ちだった。

# 三十四

翌朝、我々は食堂のテーブルを窓の一つに寄せ、モンテスと私は朝食をとりながら貪欲な目で外を見つめた。果てしない嵐が過ぎ、砂浜、ギョリュウの木立、ホテル・ニュー・オステンデ、薬局、空、そんなものから織りなされる秩序ある世界が、大きな花のように輝く太陽を浴びて静かに光っていた。

ストレートの紅茶、固ゆで卵、トーストと蜂蜜という、文学的作業に集中する時期に私が必要とする朝食をとりながら外を見つめていると、砂浜の黄褐色の一点に、青の三つ揃いと明るいグレーのズボンを着た小男が現れ、こちらに近づいてきた。

小男が誰なのかをめぐる議論に始まって、山の男と平原の男と海の男では誰が一番遠くまで見渡せるか、人間の視力はどこまで届くのか、そんな話題に移り、やがて、ホテルに来客が現れたという知らせに我々は不意を突かれた。

「薬局の店主です」エステバンが言った。「警部補にお話があるそうです」

「お通ししてください」警部補は言って、立ち上がった。

青の三つ揃いと明るいグレーのズボンという出で立ちの薬剤師が食堂に入ってきた。物怖《お》じしない男で、肌は滑らかだが、目を腫らしていた。何かの動作のたびに、エネルギーの浪費が心配だとでもいわんばかり、溜め息をついた。男は堅苦しく我々全員に挨拶すると、隅でオーブリーと難しい顔で話を始めた。そしてポケットから手紙を取り出し、渡されたオーブリーが神経質にこれを読んだ。

二人の男は我々のテーブルに近づき、オーブリーがエステバンを呼んだ。

「ロチャさんにコーヒーをお願いします」そして今度はロチャに向かって言った。「以前から親しくしていらしたのですか？　薬局へ訪ねていった日の様子は普通でしたか？」

「普通ではありませんね。ご存知のとおり、変わり者ですから」

「頭がおかしい、と？」

「そこまでは言いません。頭はいい、というか、勉強熱心でしたからね」

「〈でした〉とは？」オーブリーが訊ねた。「まだ死んだわけではないでしょう」

「私にもわかりませんが、そうであっても不思議ではないと思います」

「毒物が盗まれていたことに気づいたのはいつですか？」

「捜査員には真実を伝えました。もう何年もストリキニーネを売ったことはありません」

「しかし、なぜ瓶があるか確認しなかったのです？」

パウリーノ・ロチャは甘ったるく目を落とした。

「翌日に確認しました。ご存知のとおり、こんな片田舎では……」

「すぐに通報すべきだったのではありませんか」

「私は喉が弱く、強風のなかでは……手紙を受け取って、すぐやってきました。すでに嵐は去っていましたし」

こんな応答、謎めいた教理問答に私は苛立ち始めていた。健全な好奇心をくすぐるだけのオーブリーと薬剤師は不作法に見え、その態度は腹立たしかった。オーブリーに有無を言わさず手紙を見せるよう仕向けるため、どんな質問を発すれば効果的だろうかと考えた末、私は口を開いた。

「我々にも手紙を見せてくださいよ」

彼は返事代わりに私に手紙を渡した。特徴のない文字がしっかりとした鉛筆書きで記されており、文面は以下のとおりだった。

海の森　ロス・ピーノス薬局
パウリーノ・ロチャ様

親愛なる友へ、

この手紙の理由におどろかれるかもしれませんが、あなたはぼくのたった一人の友で、ぼくの振舞いはいけなかったと思います。

アンドレアとエステバンはぼくのおじさんおばさんですが、愛情は感じません。鳥や他の動物を殺すことも許してくれません。トランクの間にアホウドリを隠していることはごぞんじですね。二人はぼくを医者にみせようとしましたが、すぐに医者のほうが震え上がってしまいました。パパとはくせいにしたカワウソよりおくびょうでした。

グティエレス姉妹とお知り合いではなかったのですか？　ぼくは二人とも大好きで、特にメアリーが好きでした。なくなってしまいましたが、うらみはありません。ぼくは大好きで、キスしようとするたびに、何か悪いことだとでもいうように怒られました。人前ではやさしくしてくれましたが、二人きりになると、ぼくと話すのを嫌がりました。ぼくが説明しようとしているのに、怒ってばかりでした。

その後でぼくが何をしたか話したら、許してもらえないかもしれませんが、ぼくはずっとあなたに友だちでいてほしいと思います。アホウドリと海そうに使うヒソを探しに薬局へ行った日、ぼくは、真ん中の棚の、時計の下にあったストリキニーネのビンを盗みました。

みんなでエミリアを探しに外へ出た夜、メアリーはいつになくぼくに辛く当たっていました。ぼくが廊下にかくれていると、他の人たちとエミリアをさがしに出かけるためにアットウェルが通りかかったのですが、するとメアリーがその前に立ちはだかりました。階段の光からアットウェルを遠ざけ、キスする様子を見て、ぼくは泣き出しました。「今日あの子が私に何をしたか、明日かならず話すから聞いてね」という言葉がぼくの耳に届きました。

《ひどい目にあわせてやる》ぼくは思いました。他の誰でもぼくの立場にいればきっと同じことをしたと今は思います。

ぼくは部屋へ下りてストリキニーネを探し、メアリーの部屋へ行って、彼女が寝る前に飲むことにしている冷めたココアのカップにビンの半分を注ぎました。毒がよく溶けるようにスプーンでかきまぜ、スプーンを振っていたところでメアリーの足音が聞こえました。逃げるときにビンを落としたのですが、拾う時間はありませんでした。そのままエミリアの部屋へ向かいました。

次の日、ぼくはビンを探しに戻りましたが、見つかりませんでした。メアリーと同じく、ぼくもストリキニーネを飲もうと思っていました。

エミリアがうたがわれないよう、刑事さんにすべて話すべきだったのですが、ぼくは子供で、それができませんでした。

砂浜に打ちあげられた船を隠れ家にしていることはごぞんじですね。あそこへ行けば、水もお菓子も薬草もあります。嵐とともに海の水位が上がることでしょう。今すぐ船に乗り込んで、沖に出るまで待ちます。あなたがこの手紙を読むころには、あなたの忠実な幼い友は、波と水に飲まれていることでしょう。

ミゲル・エルナンデス

P.S. アホウドリは両親におくってください。よろしくおねがいします。

私は手紙を警部補に返し、黙ったまま食堂を横切って、海に向いた窓から外を眺めた。ミゲルの船は砂浜から消えていた。

ストリキニーネの小瓶に関するミゲルの説明は、エミリアの証言で確かめられた。メアリーが死体となって発見された日の朝、小瓶を発見した彼女は、最初の瞬間から婚約者アットウェルが殺したにちがいないと思い込んで、これを隠したのだ。同じ理由から、ココアのカップも持ち去っていた。

ヨーゼフK号に関しても、ミゲルに関しても、その後消息はまったく知れなかった。オーブリー警部補は、ミゲルの手紙だけで証拠は十分だとして、その後エミリアを取り調べることはなかった。

私はといえば、ここまでのいきさつを文章にしてしたためたのは、母の友人たちが――私には他に友人がいない――捜査における私の役割を記録にして残してほしいと言ってきたからだった。私は渋り、ほとんど何もしていない、推理もほぼ当たらなかった、と話したが、それでも女たちはしつこくせがみ、そんなわけで、今こうして、悔恨の思い、そして赤面とともに、期せずして巻き込まれた殺人事件の記録に、〈終わりよければすべて良し〉の言葉を記している。

一つだけ付記しておくと、エミリアとアットウェルはその後結婚し、幸せに暮らしていることと思う。何度もお互いを犯罪者だと思い込んで見つめ合い、それでいて愛し合うことをやめなかった恋人二人の内面はいかなるものだろうか、そんな疑問が時折頭をよぎることがある。

# シルビナ・オカンポ［1903–93］／アドルフォ・ビオイ・カサーレス［1914–99］年譜

▼――世界史の事項　●――文化史・文学史を中心とする事項　**太字ゴチの作家『タイトル』**――〈ルリユール叢書〉の既刊・続刊予定の書籍です

❖シルビナ・オカンポの年譜に関する事項の文頭は**O**、アドルフォ・ビオイ・カサーレスの年譜に関する事項の文頭は**B**から始まるものとする。両作家に共通する関連事項は区別せず表記した。
❖同時代の世界史、文学史、文化史事項は主に編集部作成のものである。

一九〇三年

**O**七月二十八日、アルゼンチンの首都ブエノスアイレスで、シルビナ・イノセンシア・マリア・オカンポ・イ・アギーレ誕生、父マヌエル・シルビオ・セシリオ・オカンポ、母ラモナ・アギーレ・エレラ、六人姉妹の末娘。大富豪の家庭で、フランス人やイギリス人の家庭教師が住み込み、スペイン語、イタリア語の教師も出入りしていた。

▼エメリン・パンクハースト、女性社会政治同盟結成［英］▼ロシア社会民主労働党、ボリシェビキとメンシェビキに分裂［露］●スティーグリッツ、「カメラ・ワーク」誌創刊［米］●ノリス『取引所』、『小説家の責任』［米］●ロンドン『野性の呼

び声』、『奈落の人々』［米］●H・ジェイムズ『使者たち』［米］●G・E・ムーア『倫理学原理』［英］●G・B・ショー『人と超人』［英］●S・バトラー『万人の道』［英］●ウェルズ『完成中の人類』［英］●ハーディ『覇王たち』（～〇八）［英］●ギッシング『ヘンリー・ライクロフトの私記』［英］●ドビュッシー交響詩《海》［仏］●J＝A・ノー『敵なる力』（第一回ゴンクール賞受賞）［仏］●ロマン・ロラン『ベートーヴェン』［仏］●プレッツォリーニ、パピーニらが「レオナルド」創刊（～〇七）［伊］●ダヌンツィオ『マイア』［伊］●A・マチャード『孤独』［西］●ヒメネス『哀しみのアリア』［西］●バリェ＝インクラン『ほの暗き庭』［西］●ペレス＝ガルドス『側近の魅惑』、『一八五四年七月革命』［西］●リルケ『ロダン論』（～〇七）、『ヴォルプスヴェーデ』［墺］●ホフマンスタール『エレクトラ』［墺］●T・マン『トーニオ・クレーガー』［独］●デーメル『二人の人間』［独］●クラーゲス、表現学ゼミナールを創設［独］●ラキッチ『詩集』［セルビア］●ビョルンソン、ノーベル文学賞受賞［ノルウェー］●アイルランド国民劇場協会結成［愛］●永井荷風訳ゾラ『女優ナヽ』［日］

## 一九〇五年

▼急進党の武装蜂起［アルゼンチン］▼ノルウェー、スウェーデンより分離独立［北欧］▼第一次ロシア革命［露］●新聞「ラ・ラソン」創刊［アルゼンチン］●ルゴーネス『庭園の黄昏』［アルゼンチン］●ロンドン『階級戦争』［米］●キャザー『トロール・ガーデン』［米］●ウォートン『歓楽の家』［米］●バーナード・ショー《人と超人》初演［英］●チェスタトン『異端者の群れ』［英］●ウェルズ『キップス』、『近代のユートピア』［英］●E・M・フォースター『天使も踏むを恐れるところ』［英］●ベネット『五つの町の物語』、『都市の略奪品』［英］●H・R・ハガード『女王の復活』［英］●アインシュタイン、光量子仮説、ブラウン運動の理論、特殊相対性理論を提出［スイス］●ラミュ『アリーヌ』［スイス］●ブルクハルト『世界史的考察』［スイス］●クローチェ『純粋概念の科学としての論理学』［伊］●マリネッティ、ミラノで詩誌「ポエジーア」を創刊（～〇九）［伊］●ダヌンツィオ

『覆われたる灯』〔伊〕●アソリン『村々』、『ドンキホーテの通った道』〔西〕●ペレス＝ガルドス『テトゥアンの歌』、『ラピタのカルロス六世』、『カサンドラ』〔西〕●ガニベ『スペインの将来』〔西〕●ドールス『イシドロ・ノネルの死』〔西〕●リルケ『時禱詩集』〔墺〕●フロイト『性欲論三篇』〔墺〕●A・ワールブルク、ハンブルクに〈ワールブルク文庫〉を創設〔独〕●ドレスデンにて〈ブリュッケ〉結成（〜一三）〔独〕●T・マン『フィオレンツァ』〔独〕●モルゲンシュテルン『絞首台の歌』〔独〕●シェンキェーヴィチ、ノーベル文学賞受賞〔ポーランド〕●ヘイデンスタム『フォルクング王家の系図』（〜〇七）〔スウェーデン〕●夏目漱石『吾輩は猫である』〔日〕●上田敏訳詩集『海潮音』〔日〕

## 一九〇六年

▼サンフランシスコ地震〔米〕▼一月、イギリスの労働代表委員会、労働党と改称。八月、英露協商締結（三国協商が成立）〔英〕●ルゴーネス『不思議な力』〔アルゼンチン〕●ロンドン『白い牙』〔米〕●ビアス『冷笑家用語集』（一一年、『悪魔の辞典』に改題）〔米〕●ゴールズワージー『財産家』〔英〕●ロマン・ロラン『ミケランジェロ』〔仏〕●J・ロマン『更生の町』〔仏〕●クローデル『真昼に分かつ』〔仏〕●シュピッテラー『イマーゴ』〔スイス〕●カルドゥッチ、ノーベル文学賞受賞〔伊〕●ダヌンツィオ『愛にもまして』〔伊〕●ペレス＝ガルドス『ヌマンシア号の世界一周』、『プリム将軍』〔西〕●ドールス『語録』〔西〕●ムージル『寄宿者テルレスの惑い』〔墺〕●ヘッセ『車輪の下』〔独〕●モルゲンシュテルン『メランコリー』〔独〕●H・バング『祖国のない人々』〔デンマーク〕●ビョルンソン『マリイ』〔ノルウェー〕●ターレボフ『人生の諸問題』〔イラン〕●島崎藤村『破戒』〔日〕●内田魯庵訳トルストイ『復活』〔日〕●岡倉天心『茶の本』〔日〕

## 一九〇八年〔⓿五歳〕

⓿オカンポ一家がヨーロッパに滞在。シルビナはパリで少しずつ読み書きを覚える。

▼優生教育協会発足〔英〕▼ブルガリア独立宣言〔ブルガリア〕●フォードT型車登場〔米〕●ロンドン『鉄の踵』〔米〕●モンゴメリー『赤毛のアン』〔カナダ〕●F・M・フォード「イングリッシュ・レヴュー」創刊〔英〕●A・ベネット『老妻物語』〔英〕●チェスタトン『正統とは何か』、『木曜日の男』〔英〕●フォースター『眺めのいい部屋』〔英〕●ドビュッシー《子供の領分》〔仏〕●ラヴェル《マ・メール・ロワ》（～一〇）〔仏〕●ソレル『暴力論』〔仏〕●ガストン・ガリマール、ジッドと文学雑誌「NRF」（新フランス評論）を創刊（翌年、再出発）〔仏〕●J・ロマン『一体生活』〔仏〕●ラルボー『富裕な好事家の詩』〔仏〕●メーテルランク『青い鳥』〔白〕●プレッツォリーニ、文化・思想誌「ヴォーチェ」を創刊（～一六）〔伊〕●クローチェ『実践の哲学――経済学と倫理学』〔伊〕●バリェ＝インクラン『狼の歌』〔西〕●ヒメネス『孤独の響き』〔西〕●G・ミロー『流浪の民』〔西〕●ペレス＝ガルドス『国王不在のスペイン』〔西〕●シェーンベルク《弦楽四重奏曲第二番》（ウィーン初演）〔墺〕●K・クラウス『モラルと犯罪』〔墺〕●シュニッツラー『自由への道』〔墺〕●ヴォリンガー『抽象と感情移入』〔独〕●オイケン、ノーベル文学賞受賞〔独〕●S・ジェロムスキ『罪物語』〔ポーランド〕●バルトーク・ベーラ《弦楽四重奏曲第1番》〔ハンガリー〕●レンジェル・メニヘールト《感謝せる後継者》上演（ヴォジニッツ賞受賞）〔ハンガリー〕●ヘイデンスタム『スウェーデン人とその指導者たち』（～一〇）〔スウェーデン〕

## 一九一〇年〔O七歳〕

Oオカンポ一家がアルゼンチンに帰国。

▼エドワード七世歿、ジョージ五世即位〔英〕▼ポルトガル革命〔ポルトガル〕▼メキシコ革命〔メキシコ〕▼大逆事件〔日〕●バーネット『秘密の花園』〔米〕●ロンドン『革命、その他の評論』〔米〕●ロンドンで〈マネと印象派展〉開催（R・フライ企画）〔英〕●ラッセル、

ホワイトヘッド『プリンキピア・マテマティカ』(〜一三)［英］●E・M・フォースター『ハワーズ・エンド』［英］●A・ベネット『クレイハンガー』［英］●**ウェルズ『ポリー氏』、『〈眠れる者〉目覚める』**［英］●ペギー『ジャンヌ・ダルクの愛徳の聖史劇』［仏］●ルーセル『アフリカの印象』［仏］●アポリネール『異端教祖株式会社』［仏］●クローデル『五大賛歌』［仏］●ボッチョーニほか『絵画宣言』［伊］●ダヌンツィオ『可なり哉、不可なり哉』［伊］●G・ミロー『墓地の桜桃』［西］●ペレス＝ガルドス『アマデオ一世』［西］●K・クラウス『万里の長城』［墺］●リルケ『マルテの手記』［墺］●H・ワルデン、ベルリンにて文芸・美術雑誌「シュトルム」を創刊(〜三二)［独］●ハイゼ、ノーベル文学賞受賞［独］●クラーゲス『性格学の基礎』［独］●モルゲンシュテルン『パルムシュトレーム』［独］●ルカーチ・ジェルジ『魂と形式』［ハンガリー］●ヌシッチ『世界漫遊記』［セルビア］●フレーブニコフら〈立体未来派〉結成［露］●ベルゲルソン『地上から空遠く』［イディッシュ］●谷崎潤一郎『刺青』［日］

## 一九一一年［O八歳］

O シルビナの姉クララが病死。

▼イタリア・トルコ戦争(〜一二)［伊・土］●ロンドン『スナーク号航海記』［米］●ドライサー『ジェニー・ゲアハート』［米］●ウェルズ『ニュー・マキャベリ』［英］●A・ベネット『ヒルダ・レスウェイズ』［英］●コンラッド『西欧の目の下に』［英］●チェスタトン『ブラウン神父物語』(〜三五)［英］●ビアボーム『ズーレイカ・ドブスン』［英］●N・ダグラス『セイレーン・ランド』［英］●ロマン・ロラン『トルストイ』［仏］●J・ロマン『ある男の死』［仏］●ジャリ『フォーストロール博士の言行録』［仏］●ラルボー『フェルミナ・マルケス』［仏］●メーテルランク、ノーベル文学賞受賞［白］●ノラテッラ『音楽宣言』［伊］

●ダヌンツィオ『聖セバスティアンの殉教』〔伊〕●バッケッリ『ルドヴィーコ・クローの不思議の糸』〔伊〕●バローハ『知恵の木』〔西〕●ペレス＝ガルドス『第一共和政』、『カルタヘーナからサグントへ』〔西〕●S・ツヴァイク『最初の体験』〔墺〕●ホフマンスタール『イェーダーマン』、『ばらの騎士』〔墺〕●**M・ブロート『ユダヤの女たち』**〔独〕●フッサール『厳密な学としての哲学』〔独〕●ウンセット『イェンニー』〔ノルウェー〕●セヴェリャーニンら〈自我未来派〉結成〔露〕●アレクセイ・N・トルストイ『変わり者たち』〔露〕●A・レイェス『美学的諸問題』〔メキシコ〕●M・アスエラ『マデーロ派、アンドレス・ペレス』〔メキシコ〕●西田幾多郎『善の研究』〔日〕●青鞜社結成〔日〕●島村抱月訳イプセン『人形の家』〔日〕

## 一九一二年〔❿九歳〕

❿オカンポ家の長女ビクトリア・オカンポが結婚。

▼ウィルソン、大統領選勝利〔米〕▼タイタニック号沈没〔英〕▼中華民国成立〔中〕●キャザー『アレグザンダーの橋』〔米〕●W・ジェイムズ『根本的経験論』〔米〕●ロンドンで〈第二回ポスト印象派展〉開催（R・フライ企画）〔英〕●コンラッド『運命』〔英〕●D・H・ロレンス『侵入者』〔英〕●ストレイチー『フランス文学道しるべ』〔英〕●ユング『変容の象徴』〔スイス〕●サンドラール『ニューヨークの復活祭』〔スイス〕●デュシャン《階段を降りる裸体、No・2》〔仏〕●ラヴェル《ダフニスとクロエ》〔仏〕●フランス『神々は渇く』〔仏〕●リヴィエール『エチュード』〔仏〕●クローデル『マリアへのお告げ』〔仏〕●ボッチョーニ『彫刻宣言』〔伊〕●マリネッティ『文学技術宣言』〔伊〕●ダヌンツィオ『ピザネル』、『死の瞑想』〔伊〕●チェッキ『ジョヴァンニ・パスコリの詩』〔伊〕●A・マチャード『カスティーリャの野』〔西〕●アソリン『カスティーリャ』〔西〕●ペレス＝ガルドス

『カノバス』〔西〕●バリェ＝インクラン『勲の声』〔西〕●シュンペーター『経済発展の理論』〔墺〕●シェーンベルク《月に憑かれたピエロ》〔墺〕●シュニッツラー『ベルンハルディ教授』〔墺〕●カンディンスキー、マルク、ミュンヘンにて第二回〈青騎士〉展開催（～一三）、年刊誌「青騎士」発行（一号のみ）〔独〕●G・ハウプトマン、ノーベル文学賞受賞〔独〕●T・マン『ヴェネツィア客死』〔独〕●M・ブロート『アーノルト・ベーア』〔独〕●ラキッチ『新詩集』〔セルビア〕●アレクセイ・N・トルストイ『足の不自由な公爵』〔露〕●ウイドブロ『魂のこだま』〔チリ〕●石川啄木『悲しき玩具』〔日〕

## 一九一四年〔O十一歳〕

B九月十五日、ブエノスアイレスでアドルフォ・ビセンテ・ペルフェクト・ビオイ・カサーレス誕生、父アドルフォ・ビオイ・ドメック、母マルタ・イグナシア・カサーレス・リンチ、大農園主家庭の一人っ子。

▼サライェヴォ事件、第一次世界大戦勃発（～一八）〔欧〕▼大戦への不参加表明〔西〕●ガルベス『模範的な女教師』〔アルゼンチン〕●E・R・バローズ『類猿人ターザン』〔米〕●スタイン『やさしいボタン』〔米〕●ノリス『ヴァンドーヴァーと野獣』〔米〕●ヴォーティシズム機関誌「ブラスト」、「ニュー・リパブリック」、「リトル・レビュー」創刊〔英〕●スタイン『やさしいボタン』〔米〕●ウェルズ『解放された世界』〔英〕●**ラミュ『詩人の訪れ』**、**『存在理由』**〔スイス〕●ラヴェル《クープランの墓》〔仏〕●J＝A・ノー『かもめを追って』〔仏〕●ジッド『法王庁の抜け穴』〔仏〕●ルーセル『ロクス・ソルス』〔仏〕●ブールジェ『真昼の悪魔』〔仏〕●サンテリーア『建築宣言』〔伊〕●オルテガ・イ・ガセー『ドン・キホーテをめぐる省察』〔西〕●ヒメネス『プラテロとわたし』〔西〕●ゴメス・デ・ラ・セルナ『グレゲリーアス』、『あり得ない博士』〔西〕●ベッヒャー『滅亡と勝利』〔独〕

●ジョイス『ダブリンの市民』〔愛〕●ウイドブロ『秘密の仏塔』〔チリ〕●夏目漱石『こころ』〔日〕

一九一六年

▼急進党のイリゴージェンが大統領選挙に勝利〔アルゼンチン〕▼スパルタクス団結成〔独〕●ガルベス『形而上的悪』〔アルゼンチン〕●グリフィス『イントレランス』〔米〕●S・アンダーソン『ウィンディ・マクファーソンの息子』〔米〕●O・ハックスリー『燃える車』〔英〕●ゴールズワージー『林檎の樹』〔英〕●A・ベネット『この二人』〔英〕●トリスタン・ツァラ、ダダ宣言〔スイス〕●ユング『無意識の心理学』〔スイス〕●サンドラール『リュクサンブール公園での戦争』〔スイス〕●文芸誌「シック」創刊（〜一九）〔仏〕●ダヌンツィオ『夜想譜』〔伊〕●ウンガレッティ『埋もれた港』〔伊〕●パルド＝バサン、マドリード中央大学教授に就任〔西〕●文芸誌「セルバンテス」創刊（〜二〇）〔西〕●バリェ＝インクラン『不思議なランプ』〔西〕●G・ミロー『キリスト受難模様』〔西〕●アインシュタイン『一般相対性理論の基礎』を発表〔墺〕●クラーゲス『筆跡と性格』、『人格の概念』〔独〕●カフカ『判決』〔独〕●ルカーチ・ジェルジ『小説の理論』〔ハンガリー〕●レンジェル・メニヘールト、パントマイム劇「中国の不思議な役人」発表〔ハンガリー〕●ヘイデンスタム、ノーベル文学賞受賞〔スウェーデン〕●ジョイス『若い芸術家の肖像』〔愛〕●ペテルブルクで〈オポヤーズ〉（詩的言語研究会）設立〔露〕●M・アスエラ『虐げられし人々』〔メキシコ〕●ウイドブロ、ブエノスアイレスで創造主義宣言〔チリ〕

一九一七年

▼ドイツに宣戦布告、第一次世界大戦に参戦〔米〕▼バルフォア宣言〔英・中東〕▼労働争議の激化に対し非常事態宣言。全国でゼネストが頻発するが、軍が弾圧〔西〕▼十月革命、ロシア帝国が消滅しソヴィエト政権成立。十一月、レーニン、平和についての布告を発表〔露〕●キローガ『愛と死と狂気の物語集』〔アルゼンチン〕●グイラルデス『ラウチョ』〔アルゼンチン〕●ピュリッツァー賞創設〔米〕●V・ウルフ『二つの短編小説』〔英〕T・S・エリオット『二つの短編小説』〔英〕●サンドラール『奥深い今日』〔スイス〕●ラミュ『大いなる春』〔スイス〕●ピカビア、芸術誌「391」創刊〔仏〕●ルヴェルディ、文芸誌「ノール

＝シュド」創刊（〜一九）〔仏〕●アポリネール《ティレジアスの乳房》上演〔仏〕●M・ジャコブ『骰子筒』〔仏〕●ヴァレリー『若きパルク』〔仏〕●**ウナムーノ『アベル・サンチェス』**〔西〕●G・ミロー『シグエンサの書』〔西〕●ヒメネス『新婚詩人の日記』〔西〕●芸術誌「デ・ステイル」創刊（〜二八）〔蘭〕●S・ツヴァイク『エレミヤ』〔墺〕●フロイト『精神分析入門』〔墺〕●モーリッツ・ジグモンド『炬火』〔ハンガリー〕●クルレジャ『牧神パン』、『三つの交響曲』〔クロアチア〕●ゲレロプ、ポントピダン、ノーベル文学賞受賞〔デンマーク〕●レーニン『国家と革命』〔露〕●プロコフィエフ《古典交響曲》〔露〕●デル・ニステル『雄鶏の物語——ヤギ』〔イディッシュ〕●A・レイェス『アナウァック幻想』〔メキシコ〕●M・アスエラ『ボスたち』〔メキシコ〕●モリーナ・ヌニェス、アラーヤ編『叙情の密林』〔チリ〕●バーラティ『クリシュナの歌』〔印〕

一九一八年

▼一月、米国ウィルソン大統領、十四カ条発表▼二月、英国、第四次選挙法改正（女性参政権認める）▼三月、スペイン・インフルエンザ（スペイン風邪）が大流行（〜二〇）▼三月、ブレスト＝リトフスク条約。ドイツ、ソヴィエト＝ロシアが単独講和▼十月、「セルビア人・クロアチア人・スロヴェニア人」王国の建国宣言▼十一月、ドイツ革命。ドイツ帝政が崩壊し、ドイツ共和国成立。ヴィルヘルム二世、オランダに亡命▼十一月十一日、停戦協定成立し、第一次世界大戦終結。ポーランド、共和国として独立●キローガ『セルバの物語集』〔アルゼンチン〕●キャザー『マイ・アントニーア』〔米〕●O・ハックスリー『青春の敗北』〔英〕●E・シットウェル『道化の家』〔英〕●W・ルイス『ター』〔英〕●ストレイチー『ヴィクトリア朝偉人伝』〔英〕●トリスタン・ツァラ、ダダ宣言〔スイス〕●サンドラール『パナマあるいは七人の伯父の冒険』、『殺しの記』〔スイス〕●ラミュ「兵士の物語」（ストラヴィンスキーのオペラ台本）〔スイス〕●ラルボー『幼ごころ』〔仏〕●アポリネール『カリグラム』、『新精神と詩人たち』〔仏〕●コクトー『雄鶏とアルルカン』〔仏〕●**ルヴェルディ『屋根のスレート』**、**『眠れるギター』**〔仏〕●デュアメル『文

明』（ゴンクール賞受賞）〔仏〕●文芸誌「グレシア」創刊（〜二〇）〔西〕●ヒメネス『永遠』〔西〕●シェーンベルクら〈私的演奏協会〉発足〔墺〕●シュピッツァー『ロマンス語の統辞法と文体論』〔墺〕●K・クラウス『人類最後の日々』（〜二二）〔墺〕●シュニッツラー『カサノヴァの帰還』〔墺〕●**デーブリーン『ヴァツェクの蒸気タービンとの戦い』**〔独〕●T・マン『非政治的人間の考察』〔独〕●H・マン『臣下』〔独〕●ルカーチ・ジェルジ『バラージュと彼を必要とせぬ人々』〔ハンガリー〕●ジョイス『亡命者たち』〔愛〕●**アンドリッチ**、「南方文芸」誌を創刊（〜一九）、**『エクスポント（黒海より）』**〔セルビア〕●ベルゲルソン、デル・ニステルらとイディッシュ文芸誌「己／所有」（Eygns）を刊行（〜二〇）〔イディッシュ〕●M・アスエラ『蠅』〔メキシコ〕●魯迅『狂人日記』〔中〕

# 一九二〇年〔O十七歳／B六歳〕

Oシルビナがパリに滞在、リヴ・ゴーシュにアトリエを借りる。

▼国際連盟発足（米は不参加）〔欧〕●ピッツバーグで民営のKDKA局がラジオ放送開始〔米〕●フィッツジェラルド『楽園のこちら側』〔米〕●E・ウォートン『エイジ・オブ・イノセンス』（ピュリッツァー賞受賞）〔米〕●ドライサー『ヘイ、ラバダブダブ！』〔米〕●ドス・パソス『ある男の入門――一九一七年』〔米〕●S・ルイス『本町通り』〔米〕●パウンド『ヒュー・セルウィン・モーバリー』〔米〕●E・オニール《皇帝ジョーンズ》初演〔米〕●D・H・ロレンス『恋する女たち』、『迷える乙女』〔英〕●ウェルズ『世界文化史大系』〔英〕●O・ハックスリー『レダ』、『リンボ』〔英〕●E・シットウェル『木製の天馬』〔英〕●クリスティ『スタイルズ荘の怪事件』〔英〕●クロフツ『樽』〔英〕●H・R・ハガード『古代のアラン』〔英〕●マティス〈オダリスク〉シリーズ〔仏〕●アラン『芸術論集』〔仏〕●デュ・ガール『チボー家の人々』（〜四〇）〔仏〕●ロマン・ロラン『クレランボー』〔仏〕●コレット『シェ

リ』〔仏〕●デュアメル『サラヴァンの生涯と冒険』(〜三二)〔仏〕●チェッキ『金魚』〔伊〕●文芸誌「レフレクトル」創刊〔西〕●バリェ＝インクラン『ボヘミアの光』、『聖き言葉』〔西〕●R・ヴィーネ『カリガリ博士』〔独〕●ユンガー『鋼鉄の嵐の中で』〔独〕●デーブリーン『ヴァレンシュタイン』〔独〕●S・ツヴァイク『三人の巨匠』〔墺〕●**アンドリッチ『アリヤ・ジェルゼレズの旅』、『不安』**〔セルビア〕●ハムスン、ノーベル文学賞受賞〔ノルウェー〕●アレクセイ・N・トルストイ『ニキータの少年時代』(〜二二)、『苦悩の中を行く』(〜四一)〔露〕●アン＝スキ『ディブック』〔イディッシュ〕●グスマン『ハドソン川の畔で』〔メキシコ〕

## 一九二三年〔O二十歳／B九歳〕

Bビオイが友人たちと雑誌「バティトゥ」を制作、『ピノキオ』などを読み耽る。

▼仏・白軍、ルール占領〔欧〕▼ハーディングの死後、クーリッジが大統領に〔米〕▼英、パレスチナ委任統治開始〔英・中東〕▼プリモ・デ・リベーラ将軍のクーデタ、独裁開始(〜三〇)〔西〕▼ミュンヘン一揆〔独〕▼ローザンヌ条約締結、トルコ共和国成立▼関東大震災〔日〕●ボルヘス『ブエノスアイレスの熱狂』〔アルゼンチン〕●グイラルデス『ハイマカ』〔アルゼンチン〕●ウォルト・ディズニー・カンパニー創立〔米〕●「タイム」誌創刊〔米〕●ラヴジョイ、「観念史クラブ」を創設〔米〕●S・アンダーソン『馬と人間』、『多くの結婚』〔米〕●キャザー『迷える夫人』〔米〕●ハーディ『コーンウォール女王の悲劇』〔英〕●D・H・ロレンス『アメリカ古典文学研究』、『カンガルー』〔英〕●**コンラッド『放浪者あるいは海賊ペロル』**〔英〕●T・S・エリオット『荒地』(ホガース・プレス刊)〔英〕●J・ロマン『ル・トルーアデック氏の放蕩』〔仏〕●ラディゲ『肉体の悪魔』〔仏〕●ジッド『ドストエフスキー』〔仏〕●ラルボー『恋人よ、幸せな恋人よ……』〔仏〕●コクトー『山師トマ』、『大胯びらき』〔仏〕●モラン『夜とざす』〔仏〕●F・モーリヤック『火の河』、

『ジェニトリクス』〔仏〕●コレット『青い麦』〔仏〕●サンドラール『黒色のヴィーナス』〔スイス〕●バッケッリ『まぐろは知っている』〔伊〕●ズヴェーヴォ『ゼーノの意識』〔伊〕●オルテガ・イ・ガセー、「西欧評論」誌を創刊〔西〕●ドールス『プラド美術館の三時間』〔西〕●ゴメス・デ・ラ・セルナ『小説家』〔西〕●リルケ『ドゥイーノの悲歌』、『オルフォイスに寄せるソネット』〔墺〕●フランクフルト社会研究所設立〔独〕●カッシーラー『象徴形式の哲学』(〜二九)〔独〕●ルカーチ『歴史と階級意識』〔ハンガリー〕●ロスラヴェッツら〈現代音楽協会〉設立〔露〕●M・アスエラ『マローラ』〔メキシコ〕●バーラティ『郭公の歌』〔インド〕●菊池寛、「文芸春秋」を創刊〔日〕

## 一九二四年〔O二十一歳／B十歳〕

Bビオイが家族とともにヨーロッパに滞在。

▼ロサンゼルスへの水利権紛争で水路爆破(カリフォルニア水戦争)。ロサンゼルス不動産バブルがはじける。ロサンゼルスの人口が百万人を突破〔米〕▼中国、第一次国共合作〔中〕●文芸雑誌「マルティン・フィエロ」創刊(〜二七)〔アルゼンチン〕●ガーシュイン《ラプソディ・イン・ブルー》〔米〕●セシル・B・デミル『十戒』〔米〕●ヘミングウェイ『われらの時代に』〔米〕●スタイン『アメリカ人の創生』〔米〕●オニール『楡の木陰の欲望』〔米〕●E・M・フォースター『インドへの道』〔英〕●T・S・エリオット『うつろな人々』〔英〕●I・A・リチャーズ『文芸批評の原理』〔英〕●F・M・フォード『ジョウゼフ・コンラッド――個人的回想』、『パレーズ・エンド』(〜二八、五〇刊)〔英〕●サンドラール『コダック』〔スイス〕●ルネ・クレール『幕間』〔仏〕●ブルトン『シュルレアリスム宣言』、雑誌「シュルレアリスム革命」創刊(〜二九)〔仏〕●P・ヴァレリー、V・ラルボー、L＝P・ファルグ、文芸誌「コメルス」を創刊(〜三二)〔仏〕●**ルヴェルディ『空の漂流物』**〔仏〕●ラディゲ『ドルジェル伯の舞踏会』〔仏〕●M・ルブラン『カリオストロ伯爵夫人』〔仏〕

●ダヌンツィオ『鎚の火花』（〜二八）［伊］●A・マチャード『新しい詩』［西］●ムージル『三人の女』［墺］●シュニッツラー『令嬢エルゼ』［墺］●デーブリーン『山・海・巨人』［独］●T・マン『魔の山』［独］●カロッサ『ルーマニア日記』［独］●ベンヤミン『ゲーテの親和力』（〜二五）［独］●ネズヴァル『パントマイム』［チェコ］●バラージュ『視覚的人間』［ハンガリー］●**ヌシッチ**『**自叙伝**』［セルビア］●**アンドリッチ**『**短編小説集**』［セルビア］●アレクセイ・N・トルストイ『イビクス、あるいはネヴゾーロフの冒険』［露］●トゥイニャーノフ『詩の言葉の問題』［露］●ショーン・オケーシー《ジュノーと孔雀》初演［愛］●A・レイェス『残忍なイピゲネイア』［メキシコ］●ネルーダ『二十の愛の詩と一つの絶望の歌』［チリ］●宮沢賢治『春の修羅』［日］●築地小劇場創設［日］

## 一九二五年［O二十二歳／B十一歳］

Oシルビナがホルヘ・ルイス・ボルヘスの妹ノラ・ボルヘスと知り合う。パリに滞在し、ジョルジョ・デ・キリコやフェルナン・レジェらに絵を学ぶ。

▼ロカルノ条約調印［欧］●ボルヘス『異端審問』［アルゼンチン］●チャップリン『黄金狂時代』［米］●S・アンダーソン『黒い笑い』［米］●キャザー『教授の家』［米］●ドライサー『アメリカの悲劇』［米］●ドス・パソス『マンハッタン乗換駅』［米］●フィッツジェラルド『偉大なギャツビー』［米］●ルース『殿方は金髪がお好き』［米］●ホワイトヘッド『科学と近代世界』［英］●A・ウェイリー『源氏物語』英訳（〜三三）［英］●**コンラッド**『**サスペンス**』［英］●V・ウルフ『ダロウェイ夫人』［英］●O・ハックスリー『くだらぬ本』［英］●クロフツ『フレンチ警部最大の事件』［英］●R・ノックス『陸橋殺人事件』［英］●H・リード『退却』［英］●サンドラール『金』［スイス］●ラミュ『天空の喜び』［スイス］●M・モース『贈与論』［仏］●ジッド『贋金づくり』［仏］●**ラルボー**『**罰せられざる悪徳・読

書――**英語圏**』〔仏〕●F・モーリヤック『愛の砂漠』〔仏〕●**ルヴェルディ**『**海の泡**』、『大自然』〔仏〕●モンターレ『烏賊の骨』〔伊〕●ピカソ《三人の踊り子》〔西〕●アソリン『ドニャ・イネス』〔西〕●オルテガ・イ・ガセー『芸術の非人間化』〔西〕●カフカ『審判』〔独〕●ツックマイアー『楽しきぶどう山』〔独〕●クルティウス『現代ヨーロッパにおけるフランス精神』〔独〕●フォスラー『言語における精神と文化』〔独〕●フロンスキー『故郷』、『クレムニツァ物語』〔スロヴァキア〕●エイゼンシュテイン《戦艦ポチョムキン》〔露〕●アレクセイ・N・トルストイ『五人同盟』〔露〕●シクロフスキー『散文の理論』〔露〕●M・アスエラ『償い』〔メキシコ〕●梶井基次郎『檸檬』〔日〕

## 一九二六年

▼炭鉱ストから、他産業労働者によるゼネストへ発展するも失敗〔英〕▼ポアンカレの挙国一致内閣成立〔仏〕▼モロッコとの戦争終結〔西〕▼ドイツ、国際連盟に加入〔独〕▼ピウスツキのクーデター〔ポーランド〕▼蔣介石による上海クーデター、国共分裂へ〔中〕▼トロツキー、ソ連共産党から除名される〔露〕●グイラルデス『ドン・セグンド・ソンブラ』〔アルゼンチン〕●アルルト『怒りの玩具』〔アルゼンチン〕●ゴダード、液体燃料ロケットの飛翔実験に成功〔米〕●世界初のSF専門誌「アメージング・ストーリーズ」創刊〔米〕●ヘミングウェイ『日はまた昇る』〔米〕●キャザー『不倶戴天の敵』〔米〕●フォークナー『兵士の報酬』〔米〕●ナボコフ『マーシェンカ』〔米〕●オニール《偉大な神ブラウン》初演〔米〕●T・E・ロレンス『知恵の七柱』〔英〕●D・H・ロレンス『翼ある蛇』〔英〕●クリスティ『アクロイド殺人事件』〔英〕●サンドラール『モラヴァジーヌ』、『危険な生活讃』、『映画入門』〔スイス〕●ラミュ『山の大いなる恐怖』〔スイス〕●J・ルノワール『女優ナナ』〔仏〕●コクトー『オルフェ』〔仏〕●ルヴェルディ『人間の肌・大衆小説』〔仏〕●ジッド『一粒の麦もし死なずば』、『贋金つかい』〔仏〕●ベルナノス『悪魔の陽の下に』〔仏〕●アラゴン『パリの農夫』〔仏〕●マルロー『西欧の誘惑』〔仏〕●コレット『シェリの最後』〔仏〕●フィレンツェのパレンティ社、文芸誌「ソラーリア」を発刊（〜三四）〔伊〕●**バリェ＝インクラン**『故人の三つ揃い』、『**独裁者ティラン・バンデラス　灼熱の地の小説**』〔西〕●G・ミロー『ハンセン病の司教』〔西〕

●ゴメス・デ・ラ・セルナ『闘牛士カラーチョ』〔西〕●シュニッツラー『夢の物語』〔墺〕●フリッツ・ラング『メトロポリス』〔独〕●クラーゲス『ニーチェの心理学的業績』〔独〕●カフカ『城』〔独〕●ヤーコブソン、マテジウスら〈プラハ言語学サークル〉を創設〔チェコ〕●コストラーニ・デジェー『エーデシュ・アンナ』〔ハンガリー〕●バーベリ『騎兵隊』〔露〕●**ベルゲルソン『二匹のけだもの』、『盲目』**〔イディッシュ〕●高柳健次郎、ブラウン管を応用した世界初の電子式テレビ受像機を開発〔日〕

## 一九二八年［O二十五歳／B十四歳］

B ビオイが初めて短編小説（『虚栄心または恐ろしい冒険』）を執筆、シャーロックホームズのシリーズを読み始める。

▼第一次五カ年計画を開始〔露〕▼大統領選に勝ったオブレゴンが暗殺〔メキシコ〕●ガルベス『パラグアイ戦争の情景』（〜二九）〔アルゼンチン〕●CIAM（近代建築国際会議）開催（〜五九）〔欧〕●ガーシュイン《パリのアメリカ人》〔米〕●オニール《奇妙な幕間狂言》初演〔米〕●D・H・ロレンス『チャタレイ夫人の恋人』〔英〕●ヴァン・ダイン『探偵小説二十則』、『グリーン家殺人事件』〔米〕●ナボコフ『キング、クィーンそしてジャック』〔米〕●V・ウルフ『オーランドー』〔英〕●O・ハックスリー『対位法』〔英〕●ウォー『大転落』〔英〕●R・ノックス『ノックスの十戒』〔英〕●リース『ポーズ』〔英〕●サンドラール『白人の子供のための黒人のお話』〔スイス〕●ラヴェル《ボレロ》〔仏〕●ブニュエル／ダリ『アンダルシアの犬』〔仏〕●ブルトン『ナジャ』、『シュルレアリスムと絵画』〔仏〕●ルヴェルディ『跳ねるボール』〔仏〕●J・ロマン『肉体の神』〔仏〕●マルロー『征服者』〔仏〕●サン=テグジュペリ『南方郵便機』〔仏〕●モラン『黒魔術』〔仏〕●バタイユ『眼球譚』〔仏〕●**P=J・ジューヴ『カトリーヌ・クラシャの冒険』**（〜三二）〔仏〕●バシュラール『近似的認識に関する試論』〔仏〕●マンツィーニ『魅せられた時代』〔伊〕●バリェ

＝インクラン『御主人、万歳』〔西〕●G・ミロー『歳月と地の隔たり』〔西〕●シュピッツァー『文体研究』〔墺〕●シュニッツラー『テレーゼ』〔墺〕●フッサール『内的時間意識の現象学』〔独〕●ベンヤミン『ドイツ悲劇の根源』〔独〕●S・ゲオルゲ『新しい国』〔独〕●E・ケストナー『エーミルと探偵団』〔独〕●ブレヒト《三文オペラ》初演〔独〕●ウンセット、ノーベル文学賞受賞〔ノルウェー〕●アレクセイ・N・トルストイ『まむし』〔露〕●イェイツ『塔』〔愛〕●ショーロホフ『静かなドン』（〜四〇）〔露〕●ベルゲルソン『選集』〔イディッシュ〕●グスマン『鷲と蛇』〔メキシコ〕

## 一九二九年〔O二十六歳／B十五歳〕

Bビオイが『序文 *Prólogo*』を執筆、父の協力で私費出版する。

▼十月二十四日ウォール街株価大暴落、世界大恐慌に●ボルヘス『サン・マルティンの手帖』〔アルゼンチン〕●ニューヨーク近代美術館開館〔米〕●ヘミングウェイ『武器よさらば』〔米〕●フォークナー『響きと怒り』、『サートリス』〔米〕●ヴァン・ダイン『僧正殺人事件』〔米〕●ナボコフ『チョールブの帰還』〔米〕●D・H・ロレンス『死んだ男』〔英〕●E・シットウェル『黄金海岸の習わし』〔英〕●H・グリーン『生きる』〔英〕●ラミュ『葡萄栽培者たちの祭』〔スイス〕●学術誌「ドキュマン」創刊（編集長バタイユ、〜三〇）〔仏〕●クローデル『繻子の靴』〔仏〕●J・ロマン『船が……』〔仏〕●ジッド『女の学校』（〜三六）〔仏〕●コクトー『恐るべき子供たち』〔仏〕●**ルヴェルディ『風の泉、一九一五‐一九二九』、『ガラスの水たまり』**〔仏〕●ダビ『北ホテル』〔仏〕●ユルスナール『アレクシあるいは空しい戦いについて』〔仏〕●コレット『第二の女』〔仏〕●ジロドゥー『アンフィトリオン三八』〔仏〕●モラーヴィア『無関心な人々』〔伊〕●ゴメス・デ・ラ・セルナ『人間もどき』〔西〕●リルケ『若き詩人への手紙』〔墺〕●**S・ツヴァイク**『ジョ

ゼフ・フーシェ』、『**過去への旅**』〔墺〕●ミース・ファン・デル・ローエ《バルセロナ万国博覧会のドイツ館》〔独〕●デーブリーン『ベルリン・アレクサンダー広場』〔独〕●レマルク『西部戦線異状なし』〔独〕●アウエルバッハ『世俗詩人ダンテ』〔独〕●クラーゲス『心情の敵対者としての精神』(〜三三)〔独〕●アンドリッチ『ゴヤ』〔セルビア〕●ツルニャンスキー『流浪』〔セルビア〕●フロンスキー『蜜の心』〔スロヴァキア〕●アレクセイ・N・トルストイ『ピョートル一世』(〜四五)〔露〕●ヤシェンスキ『パリを焼く』〔露〕●ベルゲルソン『重い裁き』〔イディッシュ〕●**デル・ニステル**『思しき』(第二版)、『**なけなしの財産**』〔イディッシュ〕●**グスマン**『**ボスの影**』〔メキシコ〕●ガジェゴス『ドニャ・バルバラ』〔ベネズエラ〕●小林多喜二『蟹工船』〔日〕

## 一九三〇年

▼クーデターでイリゴージェン政権が崩壊、ウリブルが大統領に就任。「忌まわしい十年」が始まる〔アルゼンチン〕▼ロンドン海軍軍縮会議〔英・米・仏・伊・日〕▼国内失業者が千三百万人に〔米〕▼プリモ・デ・リベーラ辞任。ベレンゲール将軍の「やわらかい独裁」開始〔西〕●ボルヘス『エバリスト・カリエゴ』〔アルゼンチン〕●S・ルイス、ノーベル文学賞受賞〔米〕●フォークナー『死の床に横たわりて』〔米〕●ドス・パソス『北緯四十二度線』〔米〕●マクリーシュ『新天地』〔米〕●ハメット『マルタの鷹』〔米〕●ナボコフ『ルージンの防御』〔米〕●H・クレイン『橋』〔米〕●J・M・ケイン『われらの政府』〔米〕●D・H・ロレンス『黙示録論』〔英〕●**セイヤーズ**『**ストロング・ポイズン**』〔英〕●E・シットウェル『アレグザンダー・ポープ』〔英〕●W・エンプソン『曖昧の七つの型』〔英〕●カワード『私生活』〔英〕●リース『マッケンジー氏と別れてから』〔英〕●サンドラール『ラム』〔スイス〕●ブニュエル／ダリ『黄金時代』〔仏〕●ルネ・クレール『パリの屋根の下』〔仏〕●**ルヴェルディ**『**白い石**』、『危険と災難』〔仏〕●コクトー『阿片』〔仏〕●マルロー『王道』〔仏〕●コレット『シド』〔仏〕●アルヴァーロ『アスプロモンテの人々』〔伊〕●シローネ『フォンタマーラ』〔伊〕●プラーツ『肉体と死と悪魔』〔伊〕●オルテガ・イ・ガセー『大衆の反逆』〔西〕

●A・マチャード、M・マチャード『ラ・ロラは港へ』〔西〕●フロイト『文化への不満』〔墺〕●ムージル『特性のない男』（～四三、五二）〔墺〕●ヘッセ『ナルチスとゴルトムント』〔独〕●T・マン『マーリオと魔術師』〔独〕●ブレヒト《マハゴニー市の興亡》初演〔独〕●クルティウス『フランス文化論』〔独〕●**アイスネル『恋人たち』**〔チェコ〕●エリアーデ『イサベルと悪魔の水』〔ルーマニア〕●マクシモヴィッチ『緑の騎士』〔セルビア〕●フロンスキー『勇敢な子ウサギ』〔スロヴァキア〕●T・クリステンセン『打っ壊し』〔デンマーク〕●ブーニン『アルセーニエフの生涯』〔露〕●アストゥリアス『グアテマラ伝説集』〔グアテマラ〕

## 一九三一年〔**O**二十八歳／**B**十七歳〕

**O**ビクトリア・オカンポが雑誌「スール Sur」を創刊、第二号にシルビナの挿絵が掲載される。シルビナがヨーロッパに滞在し、イタロ・カルヴィーノらと親交。シルビナの父歿。ホルヘ・ルイス・ボルヘスと知り合う。

▼アル・カポネ、脱税で収監〔米〕▼金本位制停止。ウェストミンスター憲章を可決、イギリス連邦成立〔英〕▼スペイン革命、共和政成立〔西〕●キャザー『岩の上の影』〔米〕●フォークナー『サンクチュアリ』〔米〕●ドライサー『悲劇のアメリカ』〔米〕●オニール《喪服の似合うエレクトラ》初演〔米〕●フィッツジェラルド『バビロン再訪』〔米〕●ハメット『ガラスの鍵』〔米〕●E・ウィルソン『アクセルの城』〔米〕●V・ウルフ『波』〔英〕●H・リード『芸術の意味』〔英〕●デュジャルダン『内的独白』〔仏〕●ニザン『アデン・アラビア』〔仏〕●ギユー『仲間たち』〔仏〕●サン＝テグジュペリ『夜間飛行』（フェミナ賞受賞）〔仏〕●ダビ『プチ・ルイ』〔仏〕●**G・ルブラン『回想』**〔仏〕●サンドラール『今日』〔スイス〕●パオロ・ヴィタ＝フィンツィ『偽書撰』〔伊〕●ケストナー『ファビアン』、『点子ちゃんとアントン』、『五月三十五日』〔独〕●H・ブロッホ『夢遊の人々』（～三二）〔独〕

●ツックマイアー『ケーペニックの大尉』〔独〕●ヌシッチ『大臣夫人』〔セルビア〕●**アンドリッチ『短編小説集二』**〔セルビア〕●フロンスキー『パン』〔スロヴァキア〕●カールフェルト、ノーベル文学賞受賞〔スウェーデン〕●ボウエン『友人と親戚』〔愛〕●バーベリ『オデッサ物語』〔露〕●クルバック『ゼルメニャン家』〔イディッシュ〕●グスマン『民主主義の冒険』〔メキシコ〕●アグノン『嫁入り』〔イスラエル〕●ヘジャーズィー『ズィーバー』〔イラン〕

## 一九三二年〔O二十九歳／B十八歳〕

シルビナ、ビオイ、ボルヘスが知り合う。

▼ジュネーブ軍縮会議〔米・英・日〕▼イエズス会に解散命令、離婚法・カタルーニャ自治憲章・農地改革法成立〔西〕▼総選挙でナチス第一党に〔独〕●グイラルデス『小径』〔アルゼンチン〕●ボルヘス『論議』〔アルゼンチン〕●ヘミングウェイ『午後の死』〔米〕●マクリーシュ『征服者』（ピュリッツァー賞受賞）〔米〕●ドス・パソス『一九一九年』〔米〕●**キャザー『名もなき人びと』**〔米〕●フォークナー『八月の光』〔米〕●コールドウェル『タバコ・ロード』〔米〕●フィッツジェラルド『ワルツは私と』〔米〕●E・S・ガードナー『ビロードの爪』（ペリー・メイスン第一作）〔米〕●O・ハックスリー『すばらしい新世界』〔英〕●H・リード『現代詩の形式』〔英〕●シャルル＝アルベール・サングリア『ペトラルカ』〔スイス〕●ベルクソン『道徳と宗教の二源泉』〔仏〕●J・ロマン『善意の人びと』（〜四七）〔仏〕●F・モーリヤック『蝮のからみあい』〔仏〕●セリーヌ『夜の果てへの旅』〔仏〕●S・ツヴァイク『マリー・アントワネット』〔墺〕●ホフマンスタール『アンドレアス』〔墺〕●ロート『ラデツキー行進曲』〔墺〕●クルティウス『危機に立つドイツ精神』〔独〕●クルレジャ『フィリップ・ラティノヴィチの帰還』〔クロアチア〕●ドゥーチッチ

『都市とキマイラ』〔セルビア〕●ボウエン『北方へ』〔愛〕●ヤシェンスキ『人間は皮膚を変える』（〜三三）〔露〕●ベルゲルソン『ドニエプル河畔』（第一巻）〔イディッシュ〕●M・アスエラ『蛍』〔メキシコ〕●グスマン『青年ミナ――ナバラの英雄』〔メキシコ〕

## 一九三三年〔O三十歳／B十九歳〕

Bビオイが短編集『未来に逆らう十七発 *17 disparos contra lo porvenir*』をトール社（ブエノスアイレス）より刊行、ブエノスアイレス大学法学部に進学、後に哲文学部に移籍。

▼ニューディール諸法成立〔米〕▼スタヴィスキー事件〔仏〕▼ヒトラー首相就任、全権委任法成立、国際連盟脱退〔独〕●フェデリコ・ガルシア・ロルカがブエノスアイレス来訪〔アルゼンチン〕●S・アンダーソン『森の中の死』〔米〕●N・ウェスト『孤独な娘』〔米〕●ヘミングウェイ『勝者には何もやるな』〔米〕●スタイン『アリス・B．トクラス自伝』〔米〕●オニール『ああ、荒野！』〔米〕●**V・ウルフ『フラッシュ　ある犬の伝記』**〔英〕●E・シットウェル『イギリス畸人伝』〔英〕●H・リード『現代の芸術』〔英〕●レオン・ボップ『ジャック・アルノーと小説的総体』〔スイス〕●ルネ・クレール『巴里祭』〔仏〕●シュルレアリスムの芸術誌『ミノトール』創刊（〜三九）〔仏〕●J・マリタン『キリスト教哲学について』〔仏〕●J・ロマン『ヨーロッパの問題』〔仏〕●コレット『牝猫』〔仏〕●マルロー『人間の条件』（ゴンクール賞受賞）〔仏〕●デュアメル『パスキエ家年代記』（〜四五）〔仏〕●クノー『はまむぎ』〔仏〕●〈プレイヤッド〉叢書創刊（ガリマール社）〔仏〕●J・グルニエ『孤島』〔仏〕●ブニュエル『糧なき土地』〔西〕●ロルカ『血の婚礼』、ブエノスアイレスを訪問〔西〕●T・マン『ヨーゼフとその兄弟たち』（〜四三）〔独〕●ケストナー『飛ぶ教室』〔独〕●ゴンブローヴィッチ『成長期の手記』（五七年『バカカイ』と改題）〔ポーランド〕●シュルツ『肉桂色の店』〔ポーランド〕

●エリアーデ『マイトレイ』〔ルーマニア〕●フロンスキー『ヨゼフ・マック』〔スロヴァキア〕●オフェイロン『素朴な人々の住処』〔愛〕●ブーニン、ノーベル文学賞受賞〔露〕●西脇順三郎訳『ヂオイス詩集』〔日〕

## 一九三四年〔O三十一歳／B二十歳〕

シルビナとビオイが同棲を始め、一時コルドバに滞在。ビオイが大学を退学。

▼アストゥリアス地方でコミューン形成、政府軍による弾圧。カタルーニャの自治停止〔西〕▼ヒンデンブルク歿、ヒトラー総統兼首相就任〔独〕▼作家同盟発足。ビロビジャンにユダヤ自治州創設。キーロフ暗殺事件、大粛清始まる〔露〕●フィッツジェラルド『夜はやさし』〔米〕●H・ミラー『北回帰線』〔米〕●ハメット『影なき男』〔米〕●J・M・ケイン『郵便配達は二度ベルを鳴らす』〔米〕●クリスティ『オリエント急行の殺人』〔英〕●ウォー『一握の塵』〔英〕●セイヤーズ『ナイン・テイラーズ』〔英〕●H・リード『ユニット・ワン』〔英〕●M・アリンガム『幽霊の死』〔英〕●リース『闇の中の航海』〔英〕●ジオノ『世界の歌』〔仏〕●アラゴン『バーゼルの鐘』〔仏〕●ユルスナール『死神が馬車を導く』、『夢の貨幣』〔仏〕●J・ケッセル『私の知っていた男スタビスキー』〔仏〕●モンテルラン『独身者たち』（アカデミー文学大賞）〔仏〕●コレット『言い合い』〔仏〕●H・フォション『形の生命』〔仏〕●ベルクソン『思想と動くもの』〔仏〕●バシュラール『新しい科学的精神』〔仏〕●レリス『幻のアフリカ』〔仏〕●サンドラール『ジャン・ガルモの秘密の生涯』〔スイス〕●ラミュ『デルボランス』〔スイス〕●ピランデッロ、ノーベル文学賞受賞〔伊〕●アウブ『ルイス・アルバレス・ペトレニャ』〔西〕●ペソア『歴史は告げる』〔ポルトガル〕●S・ツヴァイク『エラスムス・ロッテルダムの勝利と悲劇』〔墺〕●クラーゲス『リズムの本質』〔独〕●デーブリーン『バビロン放浪』〔独〕●エリアーデ『天国からの帰還』〔ルーマニア〕

●ヌシッチ『義賊たち』〔セルビア〕●ブリクセン『七つのゴシック物語』〔デンマーク〕●ベルゲルソン『ビロビジャンの入植者たち』〔イディッシュ〕●デル・ニステル『首都』〔イディッシュ〕●A・レイェス『タラウマラの草』〔メキシコ〕●谷崎潤一郎『文章讀本』〔日〕

## 一九三五年〔O三十二歳／B二十一歳〕

シルビナの母歿。シルビナが短編小説を書き始める。シルビナとビオイがブエノスアイレス郊外のパルド農園に住み始める。

▼三月、ハーレム人種暴動。五月、公共事業促進局（WPA）設立〔米〕▼アビシニア侵攻（〜三六）〔伊〕▼ブリュッセル万国博覧会〔白〕▼フランコ、陸軍参謀長に就任。右派政権、農地改革改正法（反農地改革法）を制定〔西〕▼ユダヤ人の公民権剥奪〔独〕▼コミンテルン世界大会開催〔露〕●ボルヘス『汚辱の世界史』〔アルゼンチン〕●ガーシュウィン《ポーギーとベス》〔米〕●ヘミングウェイ『アフリカの緑の丘』〔米〕●フィッツジェラルド『起床ラッパが消灯ラッパ』〔米〕●マクリーシュ『恐慌』〔米〕●キャザー『ルーシー・ゲイハート』〔米〕●フォークナー『標識塔』〔米〕●アレン・レーン、〈ペンギン・ブックス〉発刊〔英〕●セイヤーズ『学寮祭の夜』〔英〕●H・リード『緑の子供』〔英〕●N・マーシュ『殺人者登場』〔英〕●ル・コルビュジエ『輝く都市』〔スイス〕●サンドラール『ヤバイ世界の展望』〔スイス〕●ラミュ『人間の大きさ』、『問い』〔スイス〕●ギユー『黒い血』〔仏〕●F・モーリヤック『夜の終り』〔仏〕●ジロドゥー《トロイ戦争は起こらないだろう》初演〔仏〕●A・マチャード『ファン・デ・マイレナ』（〜三九）〔西〕●オルテガ・イ・ガセー『体系としての歴史』〔西〕●アレイクサンドレ『破壊すなわち愛』〔西〕●アロンソ『ゴンゴラの詩的言語』〔西〕●ホイジンガ『朝の影のなかに』〔蘭〕●デーブリーン『情け容赦なし』〔独〕●カネッティ『眩暈』〔独〕

●H・マン『アンリ四世の青春』、『アンリ四世の完成』(～三八)〔独〕●ベンヤミン『複製技術時代の芸術作品』〔独〕●ヴィトリン『地の塩』(文学アカデミー金桂冠賞受賞)〔ポーランド〕●ストヤノフ『コレラ』〔ブルガリア〕●アンドリッチ『ゴヤ』〔セルビア〕●パルダン『ヨーアン・スタイン』〔デンマーク〕●ボイエ『木のために』〔スウェーデン〕●マッティンソン『イラクサの花咲く』〔スウェーデン〕●グリーグ『われらの栄光とわれらの力』〔ノルウェー〕●ボウエン『パリの家』〔愛〕●アフマートワ『レクイエム』(～四〇)〔露〕●シンガー『ゴライの悪魔』〔イディッシュ〕●ボンバル『最後の霧』〔チリ〕●川端康成『雪国』(～三七)〔日〕

## 一九三六年［O三十三歳／B二十二歳］

シルビナが処女短編小説「スギでの昼寝 *La siesta en el cedro*」を雑誌「スール」に発表。ビオイがボルヘスとともに文芸雑誌「デスティエンポ」を創刊。ビオイが短編集『自家製の像 *La estatua casera*』(シルビナが挿絵を担当)をハカランダ社(ブエノスアイレス)より刊行。

▼合衆国大統領選挙でフランクリン・ローズヴェルトが再選〔米〕▼人民戦線内閣成立(～三八)〔仏〕▼スペイン内戦(～三九)。オーウェルを含む多数の作家が参戦。ロルカ、スペイン内戦の犠牲者に〔西〕▼スターリンによる粛清(～三八)〔露〕▼パレスチナでアラブ人の暴動激化(～三九)〔中東〕▼二・二六事件〔日〕●ボルヘス『永遠の歴史』〔アルゼンチン〕●チャップリン『モダン・タイムス』〔米〕●オニール、ノーベル文学賞受賞〔米〕●ミッチェル『風と共に去りぬ』〔米〕●H・ミラー『暗い春』〔米〕●ドス・パソス『ビッグ・マネー』〔米〕●キャザー『現実逃避』、『四十歳以下でなく』〔米〕●フォークナー『アブサロム、アブサロム！』〔米〕●J・M・ケイン『倍額保険』〔米〕●クリスティ『ABC殺人事件』〔英〕●O・ハックスリー『ガザに盲いて』〔英〕●M・アリンガム『判事への花束』〔英〕

●C・S・ルイス『愛のアレゴリー』〔英〕●出版社兼ブッククラブ、ギルド・デュ・リーヴル社設立（〜七八）〔スイス〕●サンドラール『ハリウッド』〔スイス〕●ラミュ『サヴォワの青年』〔スイス〕●ジッド、ラスト、ギユー、エルバール、シフラン、ダビとソヴィエトを訪問〔仏〕●J・ディヴィヴィエ『望郷』〔仏〕●F・モーリヤック『黒い天使』〔仏〕●アラゴン『お屋敷町』〔仏〕●セリーヌ『なしくずしの死』〔仏〕●ベルナノス『田舎司祭の日記』〔仏〕●ユルスナール『火』〔仏〕●ダヌンツィオ『死を試みたガブリエーレ・ダンヌンツィオの秘密の書、一〇〇、一〇〇、一〇〇、一〇〇のページ』（アンジェロ・コクレス名義）〔伊〕●シローネ『パンとぶどう酒』〔伊〕●A・マチャード『ファン・デ・マイレーナ』〔西〕●ドールス『バロック論』〔西〕●S・ツヴァイク『カステリョ対カルヴァン』〔墺〕●レルネト＝ホレーニア『バッゲ男爵』〔墺〕●フッサール『ヨーロッパ諸科学の危機と超越論的現象学』（未完）〔独〕●K・チャペック『山椒魚戦争』〔チェコ〕●ネーメト・ラースロー『罪』〔ハンガリー〕●エリアーデ『クリスティナお嬢さん』〔ルーマニア〕●アンドリッチ『短篇小説集三』〔セルビア〕●ラキッチ『詩集』〔セルビア〕●クルレジャ『ペトリツァ・ケレンプーフのバラード』〔クロアチア〕●シンガー『アシュケナジ兄弟』〔イディッシュ〕

## 一九三七年〔O三十四歳／B二十三歳〕

Oシルビナが処女短編小説集『忘れられた旅 *Viaje olvidado*』をスール社（ブエノスアイレス）より刊行。

▼ヒンデンブルグ号爆発事故〔米〕▼イタリア、国際連盟を脱退〔伊〕▼フランコ、総統に就任〔西〕●カロザース、ナイロン・ストッキングを発明〔米〕●E・スノー『中国の赤い星』〔米〕●スタインベック『二十日鼠と人間』〔米〕●W・スティーヴンズ『青いギターの男』〔米〕●ヘミングウェイ『持つと持たぬと』〔米〕●J・M・ケイン『セレナーデ』〔米〕●ナボコフ『賜物』（〜三八）〔米〕●ホイットル、ターボジェット（ジェットエンジン）を完成〔英〕●**V・ウルフ『歳月』**〔英〕●セイヤーズ『忙しい蜜月旅行』〔英〕●E・シットウェル『黒い太陽の下に生く』〔英〕

●フォックス『小説と民衆』〔英〕●コードウェル『幻影と現実』〔英〕●ル・コルビュジエ『伽藍が白かったとき』〔スイス〕●アルベール・ベガン『ロマン的魂と夢』〔スイス〕●ギ・ド・プルタレス『奇跡の漁』〔スイス／仏〕●ルノワール『大いなる幻影』〔仏〕●ブルトン『狂気の愛』〔仏〕●マルロー『希望』〔仏〕●**ルヴェルディ『屑鉄』**〔仏〕●ピカソ《ゲルニカ》〔西〕●デーブリーン『死のない国』〔独〕●ゴンブローヴィッチ『フェルディドゥルケ』〔ポーランド〕●シュルツ『砂時計サナトリウム』〔ポーランド〕●エリアーデ『蛇』〔ルーマニア〕●ブリクセン『アフリカ農場』〔デンマーク〕●メアリー・コラム『伝統と始祖たち』〔愛〕●A・レイェス『ゲーテの政治思想』〔メキシコ〕●パス『お前の明るき影の下で』、『人間の根』〔メキシコ〕

一九三八年

▼ブルム内閣総辞職、人民戦線崩壊〔仏〕▼ミュンヘン会談〔英・仏・伊・独〕▼「水晶の夜」〔独〕▼ドイツ、ズデーテンに進駐〔東欧〕

▼レトロマンス語を第四の国語に採択〔スイス〕▼「絶対中立」の立場に戻り、国際連盟離脱〔スイス〕●ロサダ出版創設〔アルゼンチン〕

●ヘミングウェイ『第五列と最初の四十九短編』〔米〕●E・ウィルソン『三重の思考者たち』〔米〕●ヒッチコック『バルカン超特急』〔英〕

●V・ウルフ『三ギニー』〔英〕●G・グリーン『ブライトン・ロック』〔英〕●コナリー『嘱望の仇敵』〔英〕●オーウェル『カタロニア賛歌』〔英〕●カルネ『霧の波止場』〔仏〕●サルトル『嘔吐』〔仏〕●ラルボー『ローマの色』〔仏〕●ユルスナール『東方綺譚』〔仏〕●バシュラール『科学的精神の形成』、『火の精神分析』〔仏〕●ラミュ『もし太陽が戻らなかったら』〔スイス〕●バッケッリ『ポー川の水車小屋』（～四〇）〔伊〕●ホイジンガ『ホモ・ルーデンス』〔蘭〕●デーブリーン『青い虎』〔独〕●エリアーデ『天国における結婚』〔ルーマニア〕

●**ヌシッチ『故人』**〔セルビア〕●クルレジャ『理性の敷居にて』、『ブリトヴァの宴会』（～六三）〔クロアチア〕●ベケット『マーフィ』〔愛〕

●ボウエン『心情の死滅』〔愛〕●ベルゲルソン『一歩また一歩』〔イディッシュ〕●グスマン『パンチョ・ビシャの思い出』（～四〇）〔メキシコ〕

一九三九年

▼第二次世界大戦勃発〔欧〕●スダメリカナ出版創設。エメセー出版社創設〔アルゼンチン〕●スタインベック『怒りのぶどう』〔米〕●ドス・パソス『ある青年の冒険』〔米〕●オニール『氷屋来たる』〔米〕●チャンドラー『大いなる眠り』〔米〕●W・C・ウィリアムズ『全詩集　一九〇

六－一九三八』〔米〕●クリスティ『そして誰もいなくなった』〔英〕●リース『真夜中よ、こんにちは』〔英〕●エドモン＝アンリ・クリジネル『眠らぬ人』〔スイス〕●カルネ『陽は昇る』〔仏〕●P・シュナル『最後の曲がり角』〔仏〕●ジロドゥー『オンディーヌ』〔仏〕●ジッド『日記』（〜五〇）〔仏〕●サン＝テグジュペリ『人間の大地』（アカデミー小説大賞）〔仏〕●ドリュ・ラ・ロシェル『ジル』〔仏〕●ユルスナール『とどめの一撃』〔仏〕●サロート『トロピスム』〔仏〕●ホセ・オルテガ・イ・ガセー、ブエノスアイレスに亡命〔西〕●パノフスキー『イコノロジー研究』〔独〕●デーブリーン『一九一八年十一月。あるドイツの革命』（〜五〇）〔独〕●T・マン『ヴァイマルのロッテ』〔独〕●ジョイス『フィネガンズ・ウェイク』〔愛〕●F・オブライエン『スイム・トゥー・バーズにて』〔愛〕●**デル・ニステル『マシュベル家』**（〜四〇）〔イディッシュ〕●セゼール『帰郷ノート』〔中南米〕

## 一九四〇年〔O三十七歳／B二十六歳〕

一月十五日、ボルヘス立ち合いのもと、ビオイとシルビナが正式に結婚、ブエノスアイレスのサンタフェ通りに居を構える。ビオイ、ボルヘス、シルビナが編纂した『幻想文学選集 *Antología de literatura fantástica*』がスダメリカナ社（ブエノスアイレス）より刊行。ビオイが長編小説『モレルの発明 *La invención de Morel*』をロサダ社（ブエノスアイレス）より刊行。

▼ドイツ軍、パリ占領。ヴィシー政府成立〔仏・独〕▼トロツキー、メキシコで暗殺される〔露〕▼日独伊三国軍事同盟〔伊・独・日〕●チャップリン『独裁者』〔米〕●ヘミングウェイ『誰がために鐘は鳴る』、《第五列》初演〔米〕●キャザー『サファイラと奴隷娘』〔米〕●J・M・ケイン『横領者』〔米〕●マッカラーズ『心は孤独な狩人』〔米〕●チャンドラー『さらば愛しき人よ』〔米〕●e・e・カミングズ『五十詩集』〔米〕●E・ウィルソン『フィンランド駅へ』〔米〕●クライン『ユダヤ人も持たざるや』〔カナダ〕●プラット『ブレブーフとその兄弟たち』〔カナダ〕●フローリーとチェイン、ペニシリンの単離に成功〔英・豪〕●G・グリーン『権力と

栄光』〔英〕●ケストラー『真昼の暗黒』〔英〕●H・リード『アナキズムの哲学』、『無垢と経験の記録』〔英〕●A・リヴァ『雲をつかむ』〔スイス〕●サルトル『想像力の問題』〔仏〕●バシュラール『否定の哲学』〔仏〕●ルヴェルディ『満杯のコップ』〔仏〕●エリアーデ『ホーニヒベルガー博士の秘密』、『セランポーレの夜』〔ルーマニア〕●フロンスキー『グラーチ書記』、『在米スロヴァキア移民を訪ねて』〔スロヴァキア〕●エリティス『定位』〔ギリシア〕●織田作之助『夫婦善哉』〔日〕●太宰治『走れメロス』〔日〕

## 一九四一年〔O三十八歳／B二十七歳〕

『モレルの発明』がブエノスアイレス市文学賞受賞。ビオイ、ボルヘス、シルビナが編纂した『アルゼンチン詩集 *Antología poética argentina*』がスダメリカナ社より刊行。

▼六月二十二日、独ソ戦開始〔独・露〕▼ナチス占領下でユダヤ人虐殺（〜四五）〔欧〕▼十二月八日、日本真珠湾攻撃、米国参戦〔日・米〕●シーボーグ、マクミランら、プルトニウム238を合成〔米〕●白黒テレビ放送開始〔米〕●O・ウェルズ『市民ケーン』〔米〕●I・バーリン《ホワイト・クリスマス》〔米〕●フィッツジェラルド『ラスト・タイクーン』（未完）〔米〕●**J・M・ケイン『ミルドレッド・ピアース 未必の故意』**〔米〕●ナボコフ『セバスチャン・ナイトの真実の生涯』〔米〕●V・ウルフ『幕間』〔英〕●ケアリー『馬の口から』（〜四四）〔英〕●アンリ・プラ『三月の風』〔仏〕●ラルボー『罰せられざる悪徳・読書——フランス語の領域』〔仏〕●ヴィットリーニ『シチリアでの会話』〔伊〕●パヴェーゼ『故郷』〔伊〕●レルネト＝ホレーニア『白羊宮の火星』〔墺〕●ブレヒト《肝っ玉おっ母とその子供たち》チューリヒにて初演〔独〕●E・フロム『自由からの逃走』〔独〕●ベルゲルソン『短編集』〔イディッシュ〕●M・アスエラ『新たなブルジョワ』〔メキシコ〕●パス『石と花の間で』〔メキシコ〕●ボルヘス『八岐の園』〔アルゼンチン〕

一九四二年［O三十九歳／B二十八歳］

シルビナが処女詩集『祖国目録 *Enumeración de la patria*』をスール社より刊行。ビオイとボルヘスの共作短編集『ドン・イシドロ・パロディ六つの難事件 *Seis problemas para don Isidro Parodi*』がエメセー社（ブエノスアイレス）より刊行。この頃から夫婦は毎年夏にマル・デル・プラータのビーチに近い別荘で過ごすようになる。

▼エル・アラメインの戦い［欧・北アフリカ］▼ミッドウェイ海戦［日・米］▼スターリングラードの戦い（～四三）［独・ソ］●E・フェルミら、シカゴ大学構内に世界最初の原子炉を建設［米］●チャンドラー『高い窓』［米］●ベロー『朝のモノローグ二題』［米］●J・M・ケイン『美しき故意のからくり』［米］●S・ランガー『シンボルの哲学』［米］●V・ウルフ『蛾の死』［英］●T・S・エリオット『四つの四重奏』［英］●E・シットウェル『街の歌』［英］●ギユー『夢のパン』（ポピュリスト賞受賞）［仏］●サン＝テグジュペリ『戦う操縦士』［仏］●カミュ『異邦人』、『シーシュポスの神話』［仏］●ポンジュ『物の味方』［仏］●エリュアール『詩と真実』［仏］●バシュラール『水と夢』［仏］●ウンガレッティ『喜び』［伊］●**S・ツヴァイク『昨日の世界』**、『**チェス奇譚**』［墺］●ゼーガース『第七の十字架』、『トランジット』（～四四）［独］●ブリクセン『冬の物語』［デンマーク］●A・レイェス『文学的経験について』［メキシコ］●パス『世界の岸辺で』、『孤独の詩、感応の詩』［メキシコ］●郭沫若『屈原』［中］

一九四三年［O四十歳／B二十九歳］

Bビオイとボルヘスが編纂した『推理小説短編傑作選 *Los mejores cuentos policiales*』をエメセー社より刊行。

▼六月、「四三年革命」により軍部が政権を掌握〔アルゼンチン〕▼九月八日、イタリア降伏〔伊〕▼十一月、カイロ会談、テヘラン会談〔米・英・ソ〕●ドス・パソス『ナンバーワン』〔米〕●チャンドラー『湖中の女』〔米〕●J・M・ケイン『スリーカード』〔米〕●H・リード『芸術を通しての教育』〔英〕●サルトル『存在と無』〔仏〕●マルロー『アルテンブルクの胡桃の木』〔仏〕●コレット『ジジ』〔仏〕●サン＝テグジュペリ『星の王子さま』〔仏〕●サルトル『蠅』〔仏〕●バシュラール『空気と夢』〔仏〕●ウンガレッティ『時の感覚』〔伊〕●アウブ『閉じられた戦場』〔西〕●ヘッセ『ガラス玉演戯』〔独〕●マクシモヴィッチ『まだらの小さな鞄』〔セルビア〕●アッシュ『ナザレの男』〔イディッシュ〕●シンガー『カルノウスキ家』〔イディッシュ〕●谷崎潤一郎『細雪』（〜四八）〔日〕

## 一九四五年〔O四十二歳／B三十一歳〕

ビオイが長編小説『脱獄計画 *Plan de evasión*』をエメセー社より刊行。シルビナが詩集『韻文空間 *Espacios métricos*』をスール社より刊行、ブエノスアイレス市の主催する文学賞を受賞。

▼二月、ヤルタ会談〔米・英・ソ〕▼五月八日、ドイツ降伏、停戦〔独〕▼七月十七日、ポツダム会談（〜八月二日）〔米・英・ソ〕▼米軍、広島（八月六日）、長崎（八月九日）に原子爆弾を投下。日本、ポツダム宣言受諾、八月十五日、無条件降伏〔日〕●新聞「クラリン」創刊、エメセー社が推理小説コレクション〈第七圏〉を創刊〔アルゼンチン〕●T・ウィリアムズ《ガラスの動物園》初演〔米〕●サーバー『サーバー・カーニヴァル』〔米〕●フィッツジェラルド『崩壊』〔米〕●K・バーク『動機の文法』〔米〕●マクレナン『二つの孤独』〔カナダ〕●ゲヴルモン『突然の来訪者』〔カナダ〕●ロワ『はかなき幸福』〔カナダ〕●オーウェル『動物農場』〔英〕●コナリー『呪われた遊戯場』〔英〕●ウォー『ブライズヘッドふたたび』〔英〕●**サンドラール『雷に打たれた男』**〔スイス〕●〈セリ・ノワール〉叢書創刊（ガリマール社）〔仏〕

●カミュ《カリギュラ》初演〔仏〕●シモン『ペテン師』〔仏〕●**エルバール『アルキュオネ』**〔仏〕●ルヴェルディ『ほとんどの時間』〔仏〕●メルロ＝ポンティ『知覚の現象学』〔仏〕●モラーヴィア『アゴスティーノ』〔伊〕●ヴィットリーニ『人間と否と』〔伊〕●C・レーヴィ『キリストはエボリにとどまりぬ』〔伊〕●ウンガレッティ『散逸詩編』〔伊〕●マンツィーニ『出版人への手紙』〔伊〕●アウブ『血の戦場』〔西〕●セフェリス『航海日誌II』〔希〕●**S・ツヴァイク『聖伝』**〔墺〕●H・ブロッホ『ヴェルギリウスの死』〔独〕●アンドリッチ『ドリナの橋』、『トラーヴニク年代記』、『お嬢さん』〔セルビア〕●リンドグレン『長くつ下のピッピ』〔スウェーデン〕●ワルタリ『エジプト人シヌヘ』〔フィンランド〕●A・レイエス『ロマンセ集』〔メキシコ〕●G・ミストラル、ノーベル文学賞受賞〔チリ〕

## 一九四六年〔O四十三歳／B三十二歳〕

ビオイとシルビナの共作長編小説**『愛する者は憎む』** *Los que aman odian* をエメセー社より刊行。

▼国際連合第一回総会開会、安全保障理事会成立▼チャーチル、「鉄のカーテン」演説、冷戦時代へ〔英〕▼フランス、第四共和政〔仏〕▼共和国宣言〔伊〕▼第一次インドシナ戦争（〜五四）〔仏・インドシナ〕●ボルヘス『二つの記憶すべき幻想』〔アルゼンチン〕●H・ホークス『大いなる眠り』（H・ボガート、L・バコール主演）〔米〕●ドライサー『とりで』〔米〕●W・C・ウィリアムズ『パターソン』（〜五八）〔米〕●J・M・ケイン『すべての不名誉を越えて』〔米〕●D・トマス『死と入口』〔英〕●**サンドラール『切られた手』**〔スイス〕●フリッシュ『万里の長城』〔スイス〕●**ラルボー『聖ヒエロニュムスの加護のもとに』**〔仏〕●P＝J・ジューヴ『パリの聖母』〔仏〕●ルヴェルディ『顔』〔仏〕●パヴェーゼ『青春の絆』〔伊〕●ヒメネス『すべての季節』〔西〕●S・ツヴァイク『バルザック』〔墺〕●ヘッセ、ノーベル文学賞受賞〔独〕●レマルク『凱旋門』〔独〕●ツックマイアー『悪魔の将軍』〔独〕●アウエルバッハ『ミメーシス――ヨーロッパ文学における

現実描写』〔独〕●マクシモヴィッチ『血まみれの童話』〔セルビア〕●アストゥリアス『大統領閣下』〔グアテマラ〕

一九四七年

▼マーシャル・プラン（ヨーロッパ復興計画）を立案〔米〕▼コミンフォルム結成〔東欧〕▼国連でパレスチナ分割決議案採択〔パレスチナ〕▼インド、パキスタン独立〔アジア〕●ボルヘス『時間についての新しい反問』〔アルゼンチン〕●J・M・ケイン『蝶』、『罪深い女』〔米〕●ベロー『犠牲者』〔米〕●E・ウィルソン『ベデカーなしのヨーロッパ』〔米〕●T・ウィリアムズ《欲望という名の電車》初演（ニューヨーク劇評家協会賞、ピュリッツァー賞他受賞）〔米〕●V・ウルフ『瞬間』〔英〕●E・シットウェル『カインの影』〔英〕●ハートリー『ユースタスとヒルダ』〔英〕●ラウリー『活火山の下』〔英〕●ジッド、ノーベル文学賞受賞〔仏〕●マルロー『芸術の心理学』（～四九）〔仏〕●クノー『文体練習』〔仏〕●カミュ『ペスト』〔仏〕●**G・ルブラン『勇気の装置』**〔仏〕●ジュネ『女中たち』〔仏〕●ヴィアン『日々の泡』〔仏〕●アンテルム『人類』〔仏〕●**シモン『綱渡り』**〔仏〕●ヴェイユ『重力と恩寵』〔仏〕●**A・リヴァ『みつばちの平和』**〔スイス〕●ウンガレッティ『悲しみ』〔伊〕●パヴェーゼ『異神との対話』〔伊〕●カルヴィーノ『蜘蛛の巣の小径』〔伊〕●ドールス『ドン・ファン――その伝説の起源について』、『哲学の秘密』〔西〕●T・マン『ファウスト博士』〔独〕●H・H・ヤーン『岸辺なき流れ』（～六一）〔独〕●ボルヒェルト『戸口の外で』〔独〕●ゴンブローヴィッチ『結婚』（西語版、六四パリ初演）〔ポーランド〕●メアリー・コラム『人生と夢と』〔愛〕●**ベルゲルソン『新しい物語』**〔イディッシュ〕●M・アスエラ『メキシコ小説の百年』〔メキシコ〕●A・ヤニェス『嵐がやってくる』〔メキシコ〕

一九四八年〔O四十五歳／B三十四歳〕

シルビナが短編集『イレーネの自伝 *Autobiografía de Irene*』をスール社、詩集『庭のソネット集 *Sonetos del jardín*』をアルバレス社（ブエノスアイレス）より刊行。ビオイが短編集『空の陰謀 *La trama celeste*』をスール社より刊行。

▼ブリュッセル条約調印、西ヨーロッパ連合成立［西欧］▼ソ連、ベルリン封鎖［東欧］▼イタリア共和国発足［伊］▼イスラエル独立宣言［パレスチナ］▼ガンジー暗殺［印］▼アパルトヘイト開始［南アフリカ］●E・サバト『トンネル』［アルゼンチン］●キャザー『年老いた美女 その他』［米］●J・M・ケイン『蛾』［米］●T・S・エリオット、ノーベル文学賞受賞［英］●リーヴィス『偉大なる伝統』［英］●グレイヴズ『白い女神』［英］●サン＝テグジュペリ『城砦』［仏］●ルヴェルディ『死者たちの歌』、『私の航海日記』［仏］●サロート『見知らぬ男の肖像』［仏］●シャール『激情と神秘』［仏］●バシュラール『大地と意志の夢想』、『大地と休息の夢想』［仏］●サンドラール『難航海』［スイス］●バッケッリ『イエスの一瞥』［伊］●オルテガ・イ・ガセー、弟子のマリアスとともに、人文科学研究所を設立［西］●デーブリーン『新しい原始林』［独］●ノサック『死神とのインタヴュー』［独］●クルティウス『ヨーロッパ文学とラテン中世』［独］●**アイスネル『フランツ・カフカとプラハ』**［チェコ］●アンドリッチ『宰相の象』［セルビア］●フロンスキー『アンドレアス・ブール師匠』［スロヴァキア］

## 一九四九年［O四十六歳／B三十五歳］

一月から六月まで夫婦はアメリカ合衆国とヨーロッパに滞在。パリでオクタビオ・パスとその妻エレナ・ガーロと親交する。シルビナが詩集『絶望的な愛の詩集 *Poemas de amor desesperado*』をスダメリカナ社より刊行。

▼北大西洋条約機構成立［欧・米］▼ドイツ連邦共和国、ドイツ民主共和国成立［独］▼アイルランド共和国、完全成立［愛］▼中華人民共和国成立［中］●ボルヘス『続審問』、『エル・アレフ』［アルゼンチン］●フォークナー、ノーベル文学賞受賞［米］●A・ミラー《セールスマンの死》初演［米］●チャンドラー『リトル・シスター』［米］●スタイン『Q.E.D.』［米］●ドス・パソス『偉大なる計画』［米］●キャザー『創作論』［米］●C・リード『第三の男』（G・グリーン脚本、オーソン・ウェルズ主演）［英］●T・S・エリオット

《カクテル・パーティー》上演〔英〕●オーウェル『一九八四年』〔英〕●ミュア『迷宮』〔英〕●サンドラール『空の分譲地』、『パリ郊外』〔スイス〕●ギユー『我慢くらべ』（ルノドー賞受賞）〔仏〕●カミュ《正義の人々》初演〔仏〕●サルトル『自由への道』（～四九）、月刊誌「レ・タン・モデルヌ」を創刊〔仏〕●**ルヴェルディ『手仕事』**〔仏〕●ボーヴォワール『第二の性』〔仏〕●レヴィ＝ストロース『親族の基本構造』〔仏〕●P・レーヴィ『これが人間か』〔伊〕●バッケッリ『最後の夜明け』〔伊〕●パヴェーゼ『美しい夏』、『丘の上の悪魔』〔伊〕●ヒメネス『望まれ、望む神』〔西〕●H・ベル『列車は定時に発着した』〔独〕●ゼーガース『死者はいつまでも若い』〔独〕●A・シュミット『リヴァイアサン』〔独〕●ボウエン『日ざかり』〔愛〕●ベルゲルソン『ルヴェニ王子』〔イディッシュ〕●パス『言葉のかげの自由』〔メキシコ〕●カルペンティエール『この世の王国』〔キューバ〕●三島由紀夫『仮面の告白』〔日〕

## 一九五一年［O四十八歳／B三十七歳］

一月から八月まで夫婦はヨーロッパに滞在。

▼サンフランシスコ講和条約、日米安全保障条約調印〔米・日〕●コルタサル『動物寓話集』〔アルゼンチン〕●サリンジャー『ライ麦畑でつかまえて』〔米〕●スタイロン『闇の中に横たわりて』〔米〕●J・ジョーンズ『地上より永遠に』〔米〕●J・M・ケイン『罪の根源』〔米〕●ポーエル『時の音楽』（～七五）〔英〕●G・グリーン『情事の終わり』〔英〕●マルロー『沈黙の声』〔仏〕●カミュ『反抗的人間』〔仏〕●イヨネスコ《授業》初演〔仏〕●サルトル《悪魔と神》初演〔仏〕●ユルスナール『ハドリアヌス帝の回想』〔仏〕●グラック『シルトの岸辺』〔仏〕●アウブ『開かれた戦場』〔西〕●セラ『蜂の巣』〔西〕●T・マン『選ばれし人』〔独〕●N・ザックス『エリ――イスラエルの受難の神秘劇』〔独〕●ケッペン『草むらの鳩たち』〔独〕●ラーゲルクヴィスト、ノーベル文学賞受賞〔スウェーデン〕●ベケット『モロイ』、

『マロウンは死ぬ』〔愛〕●A・レイェス『ギリシアの宗教研究について』〔メキシコ〕●パス『鷲か太陽か?』〔メキシコ〕●大岡昇平『野火』〔日〕

一九五二年〔O四十九歳/B三十八歳〕

Bビオイの母歿。『モレルの発明』のフランス語訳をロベール・ラフォン社(パリ)より刊行。

▼七月、「エビータ」ことエバ・ペロン歿〔アルゼンチン〕▼アイゼンハワー、大統領選勝利〔米〕▼ジョージ六世歿、エリザベス二世即位〔英〕●F・ジンネマン『真昼の決闘』(ゲイリー・クーパー、グレイス・ケリー主演)〔米〕●ジョン・ケージ《4分33秒》〔米〕●F・オコナー『賢い血』〔米〕●スタインベック『エデンの東』〔米〕●ヘミングウェイ『老人と海』〔米〕●R・エリソン『見えない人間』〔米〕●H・リード『現代芸術の哲学』〔英〕●サンドラール『ブラジル』〔スイス〕●デュレンマット『ミシシッピ氏の結婚』〔スイス〕●ルネ・クレマン『禁じられた遊び』〔仏〕●F・モーリヤック、ノーベル文学賞受賞〔仏〕●プルースト『ジャン・サントゥイユ』〔仏〕●サルトル『聖ジュネ』〔仏〕●ボワロー゠ナルスジャック『悪魔のような女』〔仏〕●**シモン『ガリバー』**〔仏〕●マルロー『想像の美術館』(〜五四)〔仏〕●ゴルドマン『人間の科学と哲学』〔仏〕●レヴィ゠ストロース『人種と歴史』〔仏〕●ファノン『黒い皮膚、白い仮面』〔仏〕●カルヴィーノ『まっぷたつの子爵』〔伊〕●ツェラーン『罌粟と記憶』〔独〕●カラスラヴォフ『普通の人々』(〜七五)〔ブルガリア〕●タレフ『鉄の灯台』〔ブルガリア〕●オヴェーチキン『地区の日常』(〜五六)〔露〕

一九五三年〔O五十歳/B三十九歳〕

Oシルビナが詩集『名前 *Los nombres*』をエメセー社より刊行。

▼スターリン歿〔露〕●A・ミラー《るつぼ》初演〔米〕●バロウズ『ジャンキー』〔米〕●チャンドラー『長いお別れ』〔米〕●ベロー『オーギー・

マーチの冒険』［米］●ボールドウィン『山にのぼりて告げよ』［米］●ブラッドベリ『華氏451度』［米］●J・M・ケイン『ガラテア』［米］●S・ランガー『感情と形式』［米］●チャーチル、ノーベル文学賞受賞［英］●フレミング『カジノ・ロワイヤル』［英］●ウェイン『急いで下りろ』［英］●クロソフスキー『歓待の掟』（〜六〇）［仏］●**サロート『マルトロー』**［仏］●ロブ＝グリエ『消しゴム』［仏］●ボヌフォワ『ドゥーヴの動と不動について』［仏］●バルト『エクリチュールの零度』［仏］●サンドラール『世界の隅々でのクリスマス』［スイス］●デュレンマット『天使バビロンに来たる』［スイス］●ヴィトゲンシュタイン『哲学探究』［墺］●バッハマン『猶予の時』［墺］●クルツィウス『二十世紀のフランス精神』［独］●ゴンブローヴィッチ『トランス＝アトランティック／結婚』［ポーランド］●**ミウォシュ『権力の掌握』**、『囚われの魂』［ポーランド］●カリネスク『哀れなヨアニデ』［ルーマニア］●ベケット《ゴドーを待ちながら》初演、『ワット』、『名づけえぬもの』［愛］●トワルドフスキー『遠い彼方』［露］●ルルフォ『燃える平原』［メキシコ］●カルペンティエール『失われた足跡』［キューバ］●ラミング『私の肌の砦のなかで』［バルバドス］

## 一九五四年［**O**五十一歳／**B**四十歳］

七月八日、ビオイと愛人マリア・テレサ・フォン・デル・ラールの娘マルタが誕生、ビオイ夫婦が実子として育てる。夫婦はレコレタ地区ポサーダス通りのマンションに転居。七月から十二月までヨーロッパに滞在。ビオイが長編小説『英雄たちの夢 *El sueño de los héroe*』をロサダ社より刊行。

▼ブラウン対教育委員会裁判［米］▼ディエンビエンフーの戦い［インドシナ］▼アルジェリア戦争（〜六二）［アルジェリア］●ヘミングウェイ、ノーベル文学賞受賞［米］●カザン『波止場』（マーロン・ブランド主演、アカデミー賞受賞）［米］●ヒッチコック『ダイヤルMを廻せ！』、『裏窓』［米］●ドス・パソス『前途有望』［米］●K・エイミス『ラッキー・ジム』［英］●ゴールディング『蝿の王』［英］●トールキン『指輪物語』

(～五五)〔英〕●フレミング『死ぬのは奴らだ』〔英〕●フリッシュ『シュティラー』〔スイス〕●サガン『悲しみよこんにちは』〔仏〕●ビュトール『ミラノ通り』〔仏〕●**シモン『春の祭典』**〔仏〕●アルレー『わらの女』〔仏〕●ボワロー＝ナルスジャック『めまい』〔仏〕●バルト『彼自身によるミシュレ』〔仏〕●リシャール『文学と感覚』〔仏〕●モラーヴィア『軽蔑』、『ローマの物語』〔伊〕●ウンガレッティ『約束の地』〔伊〕●アウブ『善意』〔西〕●T・マン『詐欺師フェーリクス・クルルの告白』〔独〕●E・ブロッホ『希望の原理』(～五九)〔独〕●シンボルスカ『自問』〔ポーランド〕●サドヴャヌ『ニコアラ・ポトコアヴァ』〔ルーマニア〕●アンドリッチ『呪われた中庭』〔セルビア〕●エレンブルグ『雪どけ』(～五六)〔露〕●フエンテス『仮面の日々』〔メキシコ〕●クリシュナムルティ『自我の終焉』〔印〕●アストゥリアス『緑の法王』〔グアテマラ〕

## 一九五五年

●中野重治『むらぎも』〔日〕●庄野潤三『プールサイド小景』〔日〕

▼ローザ・パークス逮捕、モンゴメリー・バス・ボイコット事件に(～五六)〔米〕▼ワルシャワ条約機構結成〔露・東欧〕●ナボコフ『ロリータ』〔米〕●ハイスミス『太陽がいっぱい』(フランス推理小説大賞受賞)〔米〕●T・ウィリアムズ『熱いトタン屋根の猫』〔米〕●E・ウィルソン『死海文書』〔米〕●W・サイファー『ルネサンス様式の四段階』〔米〕●H・リード『イコンとイデア』〔英〕●レヴィ＝ストロース『悲しき熱帯』〔仏〕●ロブ＝グリエ『覗くひと』〔仏〕●ブランショ『文学空間』〔仏〕●リシャール『詩と深さ』〔仏〕●ルヴェルディ『天井の太陽に』〔仏〕●パゾリーニ『生命ある若者』、レオネッティらと「オッフィチーナ」誌創刊(～五九)〔伊〕●プラトリーニ『メテッロ』〔伊〕●ノサック『おそくとも十一月には』〔独〕●ツェラーン『閾から閾へ』〔独〕●エリアーデ『禁断の森』(仏語版、原題『聖ヨハネ祭の前夜』七一年)〔ルーマニア〕●プレダ『モロメテ一家』(～六七)〔ルーマニア〕●マクシモヴィッチ『土の匂い』〔セルビア〕●ラックスネス、ノーベル文学賞受賞〔愛〕●ボウエン『愛の世界』〔愛〕●パステルナーク『ドクトル・ジバゴ』(五七刊)〔露〕●ルルフォ『ペドロ・パラモ』〔メキシコ〕●石原慎太郎『太陽の季節』〔日〕●檀一雄『火宅の人』〔日〕

## 一九五六年［O五十三歳／B四十二歳］

ビオイが短編集『素晴らしい物語 *Historia prodigiosa*』をオブレゴン社（メキシコシティ）より刊行。シルビナとロドルフォ・ウィルコックの共作戯曲『裏切り者たち *Los traidores*』をロサンへ社（ブエノスアイレス）より刊行。

▼スエズ危機〔欧・中東〕▼ハンガリー動乱〔ハンガリー〕▼フルシチョフ、スターリン批判〔露〕●コルタサル『遊戯の終わり』〔アルゼンチン〕●アシュベリー『何本かの木』〔米〕●ギンズバーグ『吠える』〔米〕●バース『フローティング・オペラ』〔米〕●ボールドウィン『ジョヴァンニの部屋』〔米〕●N・ウィーナー『サイバネティックスはいかにして生まれたか』〔米〕●C・ウィルソン『アウトサイダー』〔英〕●H・リード『彫刻芸術』〔英〕●サンドラール『世界の果てに連れてって』〔スイス〕●デュレンマット『老貴婦人の訪問』〔スイス〕●ガリ『空の根』（ゴンクール賞受賞）〔仏〕●ビュトール『時間割』（フェネオン賞受賞）〔仏〕●ゴルドマン『隠れたる神』〔仏〕●E・モラン『映画』〔仏〕●ルヴェルディ『ばらばらで』〔仏〕●マンツィーニ『鶸』〔伊〕●サングィネーティ『ラボリントゥス』〔伊〕●モンターレ『ディナールの蝶』〔伊〕●バッサーニ『フェッラーラの五つの物語』〔伊〕●サンチェス＝フェルロシオ『ハラーマ川』〔西〕●ヒメネス、ノーベル文学賞受賞〔西〕●ドーデラー『悪霊たち』〔墺〕●デーブリーン『ハムレット』〔独〕●シュトックハウゼン《ツァイトマーセ》〔独〕●マハフーズ『バイナル・カスライン』〔エジプト〕●パス『弓と竪琴』〔メキシコ〕●三島由紀夫『金閣寺』〔日〕●深沢七郎『楢山節考』〔日〕

## 一九五八年［O五十五歳／B四十四歳］

Oシルビナが子供向けの喜劇『犬だけが魔法使いじゃない *No sólo el perro es mágico*』を執筆、ブエノスアイレスのリセオ劇場で上演される。七月から八月までシルビナが脳髄膜炎の手術のためブエノスアイレス市内の病院に入院。

▼民政移管選挙でフロンディシが勝利し、大統領に就任〔アルゼンチン〕▼第五共和政成立〔仏〕●ヒッチコック『めまい』〔米〕●バーンスタイン作曲『ウェスト・サイド物語』（ジェローム・ロビンズ原案）〔米〕●ドス・パソス『偉大なる日々』〔米〕●バース『旅路の果て』〔米〕●カポーティ『ティファニーで朝食を』〔米〕●ケルアック『ダルマ行脚』〔米〕●マラマッド『魔法のたる』〔米〕●ダレル『バルタザール』、『マウントオリーヴ』〔英〕●マードック『鐘』〔英〕●ビュトール『土地の精霊』（第一巻）〔仏〕●デュラス『モデラート・カンタービレ』〔仏〕●シモン『草』〔仏〕●**エルバール『力線』**〔仏〕●ソレルス『奇妙な孤独』〔仏〕●ボーヴォワール『娘時代』（～七二）〔仏〕●ボヌフォワ『不たしかなもの』〔仏〕●レヴィ＝ストロース『構造人類学』〔仏〕●マレ＝ジョリ『天上の帝国』〔白〕●バッケッリ『ユリウス・カエサルの三人の奴隷』〔伊〕●アウブ『ジュゼップ・トーレス・カンパーランス』〔西〕●ヘルマンス『ダモクレスの暗い部屋』〔蘭〕●ノサック『弟』〔独〕●アウエルバッハ『中世の言語と読者』〔独〕●フルビーン『八月の日曜日』〔チェコ〕●ゴンブローヴィッチ『フェルディドゥルケ』〔ポーランド〕●ブリクセン『運命綺譚』〔デンマーク〕●ミナーチ『待機の長い時』〔スロヴァキア〕●パステルナーク、ノーベル文学賞を辞退〔露〕●パス『激しい季節』〔メキシコ〕●グスマン『歴史に残る死』、『別論集』〔メキシコ〕●フエンテス『澄みわたる土地』〔メキシコ〕●カルペンティエール『時との戦い』〔キューバ〕●グリッサン『レザルド川』〔中南米〕●大江健三郎『飼育』〔日〕

一九五九年［O五十六歳／B四十五歳］

シルビナが短編集『**復讐の女** *La furia*』をスール社より刊行。ホセ・ビアンコとともにジャン・ジュネの戯曲『女中たち』をスペイン語訳。ビオイが短編集『愛の花冠 *Guirnalda con amores*』をエメセー社より刊行。

▼キューバ革命、カストロ政権成立〔キューバ〕●コルタサル『秘密の武器』〔アルゼンチン〕●スナイダー『割り石』〔米〕●バロウズ『裸の

ランチ』〔米〕●ロス『さよならコロンバス』〔米〕●ベロー『雨の王ヘンダソン』〔米〕●パーディ『マルカムの遍歴』〔米〕●シリトー『長距離走者の孤独』〔英〕●G・スタイナー『トルストイかドストエフスキーか』〔英〕●イヨネスコ《犀》初演〔仏〕●クノー『地下鉄のザジ』〔仏〕●サロート『プラネタリウム』〔仏〕●ロブ＝グリエ『迷路のなかで』〔仏〕●トロワイヤ『正しき人々の光』（〜六三）〔仏〕●ボヌフォワ『昨日は荒涼として支配して』〔仏〕●クァジーモド、ノーベル文学賞受賞〔伊〕●カルヴィーノ『不在の騎士』〔伊〕●パゾリーニ『暴力的な生』〔伊〕●ヴィットリーニとカルヴィーノ、「メナボ」誌創刊（〜六七）〔伊〕●ツェラーン『言語の格子』〔独〕●ヨーンゾン『ヤーコプについての推測』〔独〕●ベル『九時半のビリヤード』〔独〕●グラス『ブリキの太鼓』、『猫と鼠』（〜六一）〔独〕●G・R・ホッケ『文学におけるマニエリスム』〔独〕●クルレジャ『アレタエウス』〔クロアチア〕●ヴィリ・セーアンセン『詩人と悪魔』〔デンマーク〕●ムーベリ『スウェーデンへの最後の手紙』〔スウェーデン〕●リンナ『ここ北極星の下で』（〜六二）〔フィンランド〕●**ベルゲルソン『二匹のけだもの』**〔イディッシュ〕●グスマン『マリアス諸島――小説とドラマ』、『アカデミア』〔メキシコ〕●安岡章太郎『海辺の光景』〔日〕

## 一九六〇年〔O五十七歳／B四十六歳〕

Bビオイとボルヘスが編纂した『天国地獄百科 *Libro del cielo y del infierno*』をスール社より刊行。

▼EECに対抗し、EFTAを結成〔英〕▼アルジェリア蜂起〔アルジェリア〕●アプダイク『走れウサギ』〔米〕●バース『酔いどれ草の仲買人』〔米〕●ピンチョン『エントロピー』〔米〕●オコナー『烈しく攻むる者はこれを奪う』〔米〕●W・サイファー『ロココからキュビスムへ』〔米〕●ダレル『クレア』〔英〕●サン＝ジョン・ペルス、ノーベル文学賞受賞〔仏〕●ソレルスら、前衛的文学雑誌「テル・ケル」を創刊（〜八二）〔仏〕●ギユー『敗れた戦い』〔仏〕●ルヴェルディ『海の自由』〔仏〕●ビュトール『段階』、『レペルトワール I』〔仏〕●シモン『フランドル

への道』〔仏〕●デュラス『ヒロシマ・モナムール』〔仏〕●ジュネ『バルコン』〔仏〕●セリーヌ『北』〔仏〕●バシュラール『夢想の詩学』〔仏〕●ウンガレッティ『老人の手帳』〔伊〕●モラーヴィア『倦怠』（ヴィアレッジョ賞受賞）〔伊〕●マトゥーテ『最初の記憶』〔西〕●『フェルナンド・ペソア詩集』〔ポルトガル〕●ゴンブリッチ『芸術と幻影』〔墺〕●ガーダマー『真理と方法』〔独〕●M・ヴァルザー『ハーフタイム』〔独〕●G・R・ホッケ『マグナ・グラエキア』〔独〕●ゴンブローヴィッチ『ポルノグラフィア』〔ポーランド〕●カネッティ『群衆と権力』〔ブルガリア〕●フロンスキー『トラソヴィスコ村の世界』〔スロヴァキア〕●ブリクセン『草に落ちる影』〔デンマーク〕●ヴォズネセンスキー『放物線』〔露〕●A・レイェス『言語学への新たな道』〔メキシコ〕●カブレラ＝インファンテ『平和のときも戦いのときも』〔キューバ〕●リスペクトール『家族の絆』〔ブラジル〕
●ボルヘス『創造者』〔アルゼンチン〕●コルタサル『懸賞』〔アルゼンチン〕●倉橋由美子『パルタイ』〔日〕

## 一九六一年〔O五十八歳／B四十七歳〕

O シルビナが短編集『**招かれた女たち** *Las invitadas*』をロサダ社より刊行。

▼ベルリンの壁建設〔欧〕▼ガガーリンが乗った人間衛星ヴォストーク第一号打ち上げ成功〔露〕●バロウズ『ソフト・マシーン』〔米〕
●ギンズバーグ『カディッシュ』〔米〕●ハインライン『異星の客』〔米〕●ヘラー『キャッチ＝22』〔米〕●マッカラーズ『針のない時計』〔米〕
●カーソン『沈黙の春』〔米〕●ヘミングウェイ自殺〔米〕●ナイポール『ビスワス氏の家』〔英〕●G・スタイナー『悲劇の死』〔英〕●ラウリー『天なる主よ、聞きたまえ』〔英〕●フリッシュ『アンドラ』、『我が名はガンテンバイン』（〜六四）〔スイス〕●スタロバンスキー『活きた眼』（〜七〇）〔スイス〕●プーレ『円環の変貌』〔白〕●「カイエ・ド・レルヌ」誌創刊〔仏〕●「コミュニカシオン」誌創刊〔仏〕●ビュトール『驚異の物語——ボードレールのある夢をめぐるエッセイ』〔仏〕●ロブ＝グリエ『去年マリーエンバートで』〔仏〕●ボヌフォワ『ランボー』［仏］●ジュネ『屏風』［仏］●フーコー『狂気の歴史』［仏］●バシュラール『蠟燭の焰』［仏］●リシャール『マラルメの想像的宇宙』［仏］●パオロ・ヴィタ＝フィンツィ『偽書撰』［伊］●アウブ『バルベルデ通り』［西］●シュピッツァー『フランス抒情詩史の解釈』［墺］●バッハマン『三十歳』［墺］●ヨーンゾン『三冊目のアヒム伝』［独］●レム『ソラリス』［ポーランド］●アンドリッチ、ノーベル文学賞受賞［セルビア］●クルレジャ『旗』（～六七）［クロアチア］●アクショーノフ『星の切符』［露］●ベケット『事の次第』［愛］●アマード『老練なる船乗りたち』［ブラジル］●ガルシア＝マルケス『大佐に手紙は来ない』［コロンビア］●E・サバト『英雄たちと墓』［アルゼンチン］●オネッティ『造船所』［ウルグアイ］●吉本隆明『言語にとって美とは何か』［日］

## 一九六二年［O五十九歳／B四十八歳］

シルビナが詩集『酸いも甘いも *Lo amargo por dulce*』をエメセー社より刊行。国民文学賞受賞。ビオイが短編集『影の側 *El lado de la sombra*』をエメセー社より刊行。ビオイの父歿。

▼軍部のクーデターによりフロンディシ政権崩壊、文民のギドが大統領就任［アルゼンチン］▼キューバ危機［キューバ］●スタインベック、ノーベル文学賞受賞［米］●J・M・ケイン『ミニヨン』［米］●ナボコフ『青白い炎』［米］●ボールドウィン『もう一つの国』［米］●キージー『カッコーの巣の上で』［米］●W・サイファー『現代文学と美術における自我の喪失』［米］●バラード『狂風世界』、『沈んだ世界』［英］●バージェス『見込みのない種子』、『時計仕掛けのオレンジ』［英］●オールディス『地球の長い午後』（ヒューゴー賞受賞）［英］●D・レッシング『黄金のノート』［英］●デュレンマット《物理学者》上演［スイス］●**ビュトール『モビール——アメリカ合衆国表象のための習作』、『航空網』**［仏］●ジャプリゾ『シンデレラの罠』［仏］●シモン『ル・パラス』［仏］●レヴィ＝ストロース『野生の思考』［仏］●エーコ

『開かれた作品』〔伊〕●C・ヴォルフ『引き裂かれた空』〔独〕●ツルニャンスキー『流浪』（第二巻）〔セルビア〕●クルレジャ『旗』（～六七）〔クロアチア〕●ソルジェニーツィン『イワン・デニーソヴィチの一日』〔露〕●パス『火とかげ』〔メキシコ〕●フエンテス『アウラ』、『アルテミオ・クルスの死』〔メキシコ〕●A・ヤニェス『痩せた土地』〔メキシコ〕●カルペンティエール『光の世紀』〔キューバ〕●ガルシア＝マルケス『ママ・グランデの葬儀』、『悪い時』〔コロンビア〕●週刊誌「プリメラ・プラナ」創刊（～七二）〔アルゼンチン〕●安部公房『砂の女』〔日〕●高橋和巳『悲の器』〔日〕

## 一九六三年〔O六十歳／B四十九歳〕

B ビオイが国民文学賞次点となる。

▼イリアが大統領選挙に勝利し、大統領就任〔アルゼンチン〕▼ケネディ大統領、暗殺される〔米〕●コルタサル『石蹴り遊び』〔アルゼンチン〕●ピンチョン『V.』〔米〕●アプダイク『ケンタウロス』〔米〕●ファウルズ『コレクター』〔米〕●マードック『ユニコーン』〔米〕●コナリー『性急な確信』〔英〕●ビュトール『サン・マルコ寺院の描写』〔仏〕●サロート『黄金の果実』（国際出版社賞受賞）〔仏〕●ロブ＝グリエ『新しい小説のために』、『不滅の女』〔仏〕●ジャベス『問いの書』（～七三）〔仏〕●マンディアルグ『オートバイ』〔仏〕●ル・クレジオ『調書』〔仏〕●フーコー『臨床医学の誕生』〔仏〕●バルト『ラシーヌについて』〔仏〕●プーレ『プルースト的空間』〔仏〕●ガッダ『苦悩の認識』〔伊〕●サングィネーティ『イタリア綺想曲』〔伊〕●カルヴィーノ『マルコヴァルド』〔伊〕●アウブ『モロ人の戦場』〔西〕●セフェリス、ノーベル文学賞受賞〔希〕●ツェラーン『だれでもない者の薔薇』〔独〕●グラス『犬の年』、『ひらめ』（～七七）〔独〕●ハヴェル『ガーデン・パーティー』〔チェコ〕●クンデラ『微笑を誘う愛の物語』（六五、六八）〔チェコ〕●**T・コンヴィツキ『現代の夢解きの本』**〔ポーランド〕●カダレ『死者の軍隊の将軍』〔アルバニア〕●アンドリッチ『イボ・アンドリッチ全集』〔セルビア〕●シンガー『ばかものギンペル』〔イディッシュ〕●B・グロスマン『万物は流転する』（七〇刊）

〔露〕●バフチン『ドストエフスキー詩学の諸問題』〔露〕●グスマン『レフォルマ法を守る必要』、『一九一二年二月』〔メキシコ〕●E・ガーロ『未来の記憶』〔メキシコ〕●アレオラ『市』〔メキシコ〕●バルガス＝リョサ『都会と犬ども』〔ペルー〕●カナファーニー『太陽の男たち』〔パレスチナ〕

## 一九六四年〔O六十一歳／B五十歳〕

B七月から九月までビオイがヨーロッパに滞在。

▼一九六四年公民権法〔米〕▼フルシチョフ解任。首相にコスイギン、第一書記にブレジネフ就任〔露〕●ヘミングウェイ『移動祝祭日』〔米〕●ベロー『ハーツォグ』〔米〕●バーセルミ『帰れ、カリガリ博士』〔米〕●キューブリック『博士の異常な愛情』〔米〕●バラード『燃える世界』〔英〕●ナイポール『暗黒の領域――一つのインド体験』〔英〕●フリッシュ『わが名はガンテンバイン』〔スイス〕●スタロバンスキー『自由の創出』〔スイス〕●サルトル、ノーベル文学賞辞退〔仏〕●**ビュトール『レペルトワールII』**〔仏〕●デュラス『ロル・V・シュタインの歓喜』〔仏〕●バルト『エッセ・クリティック』〔仏〕●ゴルドマン『小説社会学』〔仏〕●レヴィ＝ストロース『神話論理』（〜七一）〔仏〕●リシャール『現代詩研究十一編』〔仏〕●パゾリーニ『ばら形の詩』〔伊〕●モラーヴィア『目的としての人間』〔伊〕●レム『インヴィンシブル』〔ポーランド〕●マクシモヴィッチ『われを許したまえ』〔セルビア〕●ブラトヴィチ『ろばに乗った英雄』〔モンテネグロ〕●ボウエン『小さな乙女たち』〔愛〕●F・オブライエン『ドーキー古文書』〔愛〕●ベルゲルソン『全集』（〜六四）〔イディッシュ〕●グスマン『追放の記録』〔メキシコ〕●レニェロ『左官屋』〔メキシコ〕●リスペクトール『G.H.の受難』〔ブラジル〕●フエンテス『盲人たちの歌』〔メキシコ〕●柴田翔『されどわれらが日々――』〔日〕

一九六六年〔O六十三歳／B五十二歳〕

Oホセ・ビアンコ編纂によるシルビナの作品集『致命的罪 *El pecado mortal*』がエウデバ社（ブエノスアイレス）より刊行される。

▼軍部クーデターによりイリア政権が崩壊、オンガニーア将軍が政権を掌握〔アルゼンチン〕▼ミサイルによる核実験に成功。第三次五か年計画発足〔中〕●コルタサル『すべての火は火』〔アルゼンチン〕●キャザー『芸術の王国』〔米〕●ピンチョン『競売ナンバー49の叫び』〔米〕●F・イェイツ『記憶術』〔英〕●バラード『結晶世界』〔英〕●**A・リヴァ『残された日々を指折り数えよ』**〔スイス〕●フーコー『言葉と物』〔仏〕●バルト『物語の構造分析序説』〔仏〕●ジュネット『フィギュールⅠ』〔仏〕●**ルヴェルディ『流砂』**〔仏〕●ラカン『エクリ』〔仏〕●N・ザックス、ノーベル文学賞受賞〔独〕●レサーマ＝リマ『パラディソ』〔キューバ〕●パス『交流』〔メキシコ〕●ホセ＝アグスティン『横顔』〔メキシコ〕●F・デル・パソ『ホセ・トリゴ』〔メキシコ〕●バルガス＝リョサ『緑の家』〔ペルー〕●アグノン、ノーベル文学賞受賞〔イスラエル〕●白楽晴、廉武雄ら季刊誌「創作と批評」を創刊（〜八〇、八八〜）〔韓〕

一九六七年〔O六十四歳／B五十三歳〕

シルビナの姉フランシスカ歿。ビオイとボルヘスの共作短編集『ブストス＝ドメックのクロニクル *Crónicas de Bustos Domecq*』をロサダ社より刊行。ビオイが短編集『偉大なるセラフィン *El gran serafín*』をエメセー社より刊行。

▼EC発足〔欧〕●ガルシア＝マルケス『百年の孤独』がスダメリカナ社から刊行され、ベストセラーに〔アルゼンチン〕●ブローティガン『アメリカの鱒釣り』〔米〕●マラマッド『修理屋』〔米〕●スタイロン『ナット・ターナーの告白』〔米〕●G・スタイナー『言語と沈黙』〔英〕

●メルカントン『シビュラ（巫女）』〔スイス〕●G・ルー『レクイエム』〔スイス〕●マルロー『反回想録』〔仏〕●ビュトール『仔猿のような芸術家の肖像』〔仏〕●シモン『歴史』（メディシス賞受賞）〔仏〕●サロート『沈黙』、『嘘』〔仏〕●ペレック『眠る男』〔仏〕●リカルドゥ『ヌーヴォー・ロマンの諸問題』〔仏〕●トドロフ『小説の記号学』〔仏〕●バルト『モードの体系』〔仏〕●リシャール『シャトーブリアンの風景』〔仏〕●デリダ『エクリチュールと差異』、『グラマトロジーについて』〔仏〕●バッケッリ『アフロディテ・愛の小説』〔伊〕●カルヴィーノ『ゼロ時間』〔伊〕●ヴィットリーニ『二つの緊張』〔伊〕●ツェラーン『息の転換』〔独〕●クンデラ『冗談』〔チェコ〕●ライノフ『無名氏』〔ブルガリア〕●ハイトフ『あらくれ物語』〔ブルガリア〕●カルチェフ『ソフィア物語』〔ブルガリア〕●ラディナコフ『山羊のひげ』〔ブルガリア〕●ブルガーゴフ『巨匠とマルガリータ』〔露〕●パス『白』、『クロード・レヴィ＝ストロース、もしくはアイソポスの新たなる饗宴』〔メキシコ〕●フエンテス『聖域』、『脱皮』〔メキシコ〕●カブレラ＝インファンテ『TTT』〔キューバ〕●サルドゥイ『歌手たちはどこから』〔キューバ〕●アストゥリアス、ノーベル文学賞受賞〔グァテマラ〕●パチェーコ『君は遠く死ぬ』〔メキシコ〕●バルガス＝リョサ『小犬たち』〔ペルー〕●ネルーダ『船歌』〔チリ〕●大佛次郎『天皇の世紀』〔日〕●大岡昇平『レイテ戦記』（〜六九）〔日〕

## 一九六八年〔O六十五歳／B五十四歳〕

シルビナの姉ロサ歿。ビオイが評論集『もう一つの冒険 *La otra aventura*』をガレルナ社（ブエノスアイレス）より刊行。

▼キング牧師、暗殺される〔米〕▼ニクソン、大統領選勝利〔米〕▼五月革命〔仏〕▼プラハの春、チェコ知識人らの「二千語宣言」〔チェコ・スロヴァキア〕●バース『びっくりハウスの迷子』〔米〕●クーヴァー『ユニヴァーサル野球協会』〔米〕●アプダイク『カップルズ』〔米〕●W・サイファー『文学とテクノロジー』〔米〕●キューブリック『2001年宇宙の旅』〔米〕●オールディス『世界Aの報告書』〔英〕●A・コーエン『主

の伴侶』（フランスアカデミー小説大賞受賞）〔スイス〕●ジャコテ『ミューズたちの語らい』〔スイス〕●ギユー『対決』〔仏〕●**ビュトール『レペルトワールIII』**〔仏〕●ユルスナール『黒の過程』（フェミナ賞受賞）〔仏〕●サロート『生と死のあいだ』〔仏〕●モディアノ『エトワール広場』〔仏〕●J・レダ『アーメン』〔仏〕●プーレ『瞬間の測定』〔仏〕●**アウブ『アーモンドの野』**〔西〕●モランテ『少年らに救済される世界』〔伊〕●ツェラーン『糸の太陽たち』〔独〕●C・ヴォルフ『クリスタ・Tの追想』〔独〕●S・レンツ『国語の時間』〔独〕●ディガット『カーニバル』〔ポーランド〕●エリアーデ『ムントゥリャサ通りで』〔ルーマニア〕●カネッティ『マラケシュの声』〔ブルガリア〕●ディトレウセン『顔』〔デンマーク〕●ジョイス『ジアコモ・ジョイス』〔愛〕●ソルジェニーツィン『鹿とラーゲリの女』、『煉獄のなかで』、『ガン病棟』〔露〕●ベローフ『大工物語』〔露〕●パス『可視的円盤』、『マルセル・デュシャン、もしくは純粋の城』〔メキシコ〕●ホセ＝アグスティン『偽の夢』〔メキシコ〕●エリソンド『地下礼拝堂』〔メキシコ〕●コルタサル『62、組み立てモデル』〔アルゼンチン〕●プイグ『リタ・ヘイワースの背信』〔アルゼンチン〕●川端康成、ノーベル文学賞受賞〔日〕

## 一九六九年〔O六十六歳／B五十五歳〕

ビオイが長編小説『豚の戦記 *Diario de la guerra del cerdo*』をエメセー社より刊行。

▼宇宙船アポロ11号、月面着陸〔米〕●ファン・ホセ・サエール『傷痕』〔アルゼンチン〕●プイグ『赤い唇』〔アルゼンチン〕●パウンド『第百十編から百十七編までの草稿と断片』〔米〕●ヴォネガット『スローターハウス5』〔米〕●ナボコフ『アーダ』〔米〕●C・ウィルソン『賢者の石』〔英〕●フーコー『知の考古学』〔仏〕●セール『ヘルメス』（～八〇）〔仏〕●セリーヌ『リゴドン』〔仏〕●シモン『ファルサロスの戦い』〔仏〕●ペレック『煙滅』〔仏〕●クリステヴァ『セメイオティケー』〔仏〕●エリアーデ『ジプシー女のもとで』〔ルーマニア〕●カネッティ『もう一つの審判』〔ブルガリア〕●ベケット、ノーベル文学賞受賞〔愛〕●ボウエン『エヴァ・トラウト』〔愛〕●デル・ニステル『再生』

〔イディッシュ〕●パス『東斜面』、『分離と結合』〔メキシコ〕●フエンテス『誕生日』、『イスパノアメリカの新しい小説』〔メキシコ〕●**ポニアトウスカ『乾杯、神さま』**〔メキシコ〕●アレナス『めくるめく世界』〔キューバ〕●バルガス＝リョサ『ラ・カテドラルでの対話』〔ペルー〕●ハビービー『六日間の六部作』〔パレスチナ〕●庄司薫『赤頭巾ちゃん気をつけて』〔日〕

## 一九七〇年〔O六十七歳／B五十六歳〕

一月から十一月までビオイ一家はヨーロッパを旅行。シルビナが短編集『夜の日々 *Los días de la noche*』をスダメリカナ社より刊行。ビオイの『偉大なるセラフィン』が国民文学賞受賞。ビオイが回想録『パンパとガウチョの思い出 *Memoria sobre la pampa y los gauchos*』をスール社より刊行。

▼アジェンデ、大統領就任〔チリ〕●バラード『残虐行為博覧会』〔英〕●オールディス『手で育てられた少年』〔英〕●ビュトール『羅針盤』〔仏〕●サロート『イスマ』〔仏〕●シモン『盲いたるオリオン』〔仏〕●ロブ＝グリエ『ニューヨーク革命計画』〔仏〕●デュラス『ユダヤ人の家』〔仏〕●トゥルニエ『魔王』〔仏〕●シクスー『第三の肉体』〔仏〕●J・レダ『レシタチフ』〔仏〕●バルト『S／Z』〔仏〕●ボードリヤール『消費社会の神話と構造』〔仏〕●トドロフ『幻想文学』〔仏〕●バシュラール『夢みる権利』〔仏〕●ハントケ『ペナルティーキックを受けるゴールキーパーの不安』〔墺〕●ツェラーン『光の強迫』〔独〕●ヨーンゾン『記念の日々』（〜八三）〔独〕●アドルノ『美の理論』〔独〕●ヤウス『挑発としての文学史』〔独〕●E・グラッシ『形象の力　合理的言語の無力』〔独〕●マクシモヴィッチ『永遠の少女』〔セルビア〕●パヴィチ『十七・十八世紀のセルビア・バロック文学史』〔セルビア〕●ソルジェニーツィン、ノーベル文学賞受賞〔露〕●パス『追記』〔メキシコ〕●フエンテス『ドアのふたつある家』、『片目は王様』、『すべての猫は褐色』〔メキシコ〕●ガルシア＝マルケス『ある遭難者の物語』〔コロンビア〕●ドノソ『夜のみだらな鳥』〔チリ〕

●ボルヘス『ブロディーの報告書』〔アルゼンチン〕●大阪万博開催〔日〕●「すばる」創刊〔日〕●三島由紀夫、割腹自殺〔日〕

一九七一年〔O六十八歳／B五十七歳〕

ビオイ一家が愛犬ディアナを飼い始める。

▼中華人民共和国が国連加盟、台湾は脱退〔中・台湾〕●アプダイク『帰ってきたウサギ』〔米〕●ロス『われらの仲間』〔米〕●コジンスキ『あるがまま』〔米〕●キューブリック『時計じかけのオレンジ』〔米〕●G・スタイナー『脱領域の知性』〔英〕●C・ウィルソン『オカルト』〔英〕●プーレ『批評意識』〔白〕●マルロー『倒された樫の木』〔仏〕●カミュ『幸福な死』〔仏〕●サルトル『家の馬鹿息子』（〜七二）〔仏〕●シモン『導体』〔仏〕●P・レネ『非革命』〔仏〕●リカルドゥ『ヌーヴォー・ロマンの理論のために』〔仏〕●リシャール『ロマン主義研究』〔仏〕●マンツィーニ『立てる像』（カンピエッロ賞）〔伊〕●モンターレ『サートゥラ』〔伊〕●デベネデッティ『二十世紀の小説』〔伊〕●バッハマン『マリーナ』〔墺〕●ツェラーン『雪のパート』〔独〕●フラバル『私は英国王に給仕した』（八九刊）〔チェコ〕●レム『完全な真空』〔ポーランド〕●ツルニャンスキー『ロンドン物語』〔セルビア〕●ビートフ『プーシキン館』（七八刊）〔露〕●オクジャワ『シーポフの冒険、あるいは今は昔のヴォードヴィル』〔露〕●ソルジェニーツィン『一九一四年八月』〔露〕●マクシーモフ『創造の七日間』〔露〕●パス、国際的雑誌「プルラル」を創刊〔メキシコ〕●フエンテス『メヒコの時間』〔メキシコ〕●ネルーダ、ノーベル文学賞受賞〔ペルー〕

一九七二年〔O六十九歳／B五十八歳〕

Oシルビナが詩集『空色の黄色 *Amarillo celeste*』をロサダ社、児童文学集『羽の生えた馬 *El caballo alado*』をフロール社（ブエノスアイレス）より刊行。シルビナがマヌエル・プイグと親交。

▼ウォーターゲート事件〔米〕●沖縄、本土復帰〔日〕●ボルヘス『群虎黄金』〔アルゼンチン〕●アトウッド『浮上』〔カナダ〕●アプダイク『美術館と女たち』〔米〕●ロス『乳房になった男』〔米〕●バース『キマイラ』〔米〕●カスタネダ『イクストランへの旅』〔米〕●トリリング『〈誠実〉と〈ほんもの〉』〔米〕●ウェスカー『老人たち』〔英〕●アヌイ『オペラ支配人』〔仏〕●マンシェット『愚者が出てくる、城寨が見える』、『地下組織ナーダ』〔仏〕●サロート『あの彼らの声が……』〔仏〕●バルト『新＝批評的エッセー』〔仏〕●ドゥルーズ＝ガタリ『アンチ＝オイディプス』〔仏〕●デリダ『ポジシオン』、『哲学の余白』〔仏〕●オッティエーリ『強制収容所』〔伊〕●カルヴィーノ『見えない都市』〔伊〕●パゾリーニ『異端的経験論』〔伊〕●トレンテ＝パリエステル『J. B. のサガ／フーガ』〔西〕●アグスティ『スペイン内戦』〔西〕●H・ベル、ノーベル文学賞受賞〔独〕●プレンツドルフ『若きWの新たな悩み』〔独〕●B・シュトラウス『ヒポコンデリーの人たち』〔独〕●ハヴェル『陰謀者たち』〔チェコ〕●レフチェフ『燃焼の日記』〔ブルガリア〕●アナセン『スヴァンテの歌』〔デンマーク〕●アスペンストレム『その間に』〔スウェーデン〕●ベローフ『前夜』（〜八七）〔露〕●アスターフィエフ『魚の王様』（〜七五）〔露〕●シンガー『敵たち』〔英語版〕〔イディッシュ〕●パス『連歌』（共同詩）〔メキシコ〕●サルドゥイ『コブラ』〔キューバ〕●カルペンティエール『庇護権』〔キューバ〕●アストゥリアス『ドロレスの金曜日』〔グァテマラ〕●ガルシア＝マルケス『無垢なエレンディラと無情な祖母の信じがたい悲惨の物語』〔コロンビア〕●バルガス＝リョサ『ある小説の秘められた歴史』、『ガルシア＝マルケス——ある神殺しの歴史』〔ペルー〕●アスリー『侍者』〔オーストラリア〕●アチェベ『戦場の女たち』〔ナイジェリア〕●川端康成、ガス自殺〔日〕

## 一九七三年〔O七十歳／B五十九歳〕

三月、夫婦はフリオ・コルタサルを自宅に迎えて会食。四月から十月までビオイ一家はフランスに滞在。七月二十七日、マルタ・ビオイの長男フロレンシオがパリで誕生。ビオイが長編小説『日向で眠れ *Dormir al sol*』をエメセー社より刊行。
▼民政移管選挙でペロン党が勝利、ペロンが亡命から帰国して大統領に復帰〔アルゼンチン〕▼第四次中東戦争〔中東〕●コルタサル『マヌエルの書』〔アルゼンチン〕●プイグ『ブエノスアイレス事件』〔アルゼンチン〕●ピンチョン『重力の虹』〔米〕●ロス『偉大なるアメリカ小説』〔米〕●ブルーム『影響の不安』〔米〕●コナリー『夕暮の柱廊』〔英〕●バラード『クラッシュ』〔英〕●オールディス『十億年の宴』〔英〕●シェセ『人食い鬼』〔スイス〕●スタロバンスキー『一七八九年、理性の標章』〔スイス〕●ビュトール『合い間』〔仏〕●デュラス『インディア・ソング』〔仏〕●シモン『三枚つづきの絵』〔仏〕●ペレック『薄暗い店』〔仏〕●フーコー『これはパイプではない』〔仏〕●バルト『サド、フーリエ、ロヨラ』、『テクストの快楽』〔仏〕●カルヴィーノ『宿命の交わる城』〔伊〕●ローレンツ『鏡の背面』〔墺〕●エンデ『モモ』、『はてしない物語』(～七九)〔独〕●ヒルデスハイマー『マザンテ』〔独〕●シオラン『生誕の災厄』〔ルーマニア〕●カネッティ『人間の地方』〔ブルガリア〕●マクシモヴィッチ『もう時間がないのです』〔セルビア〕●ソルジェニーツィン『収容所群島』(～七六)〔露〕●パス『翻訳と愉楽』〔メキシコ〕●ドノソ『ブルジョワ小説三編』〔チリ〕●バルガス＝リョサ『パンタレオン大尉と女たち』〔ペルー〕●ホワイト『台風の目』、ノーベル文学賞受賞〔オーストラリア〕●小松左京『日本沈没』〔日〕

## 一九七四年〔O七十一歳／B六十歳〕

Oシルビナが児童文学集『空飛ぶ大箱 *El cofre volante*』をフロール社より刊行。フランス語でシルビナの短編アンソロジーが編纂され、ボルヘスとイタロ・カルヴィーノの序文を添えてガリマール社(パリ)より刊行される。
▼ニクソン大統領辞任、フォード大統領に〔米〕●コルタサル『八面体』〔アルゼンチン〕●T・オブライエン『北極光』〔米〕●**ビュトール『レペルトワールⅣ』**〔仏〕●ロブ＝グリエ『快楽の漸進的横滑り』〔仏〕●フェルナンデス『ポルポリーノ』〔仏〕●ユルスナール『世界の

迷宮』(〜八八未完)〔仏〕●P・レネ『レースを編む女』、『呪い師』〔仏〕●リシャール『プルーストと感覚世界』〔仏〕●クリステヴァ『詩的言語の革命』〔仏〕●モランテ『歴史』〔伊〕●ベルンハルト《習慣の力》初演〔墺〕●H・ベル『カタリーナ・ブルームの失われた名誉』〔独〕●G・R・ホッケ『絶望と確信』〔独〕●カネッティ『耳証人』〔ブルガリア〕●ディロフ『イカロスの道』〔ブルガリア〕●ユーンソン、H・マッティンソン、ノーベル文学賞受賞〔スウェーデン〕●パス『大いなる文法学者の猿』、『泥の子供たち』〔メキシコ〕●カルペンティエール『方法異説』、『バロック協奏曲』〔キューバ〕

## 一九七五年〔O七十二歳／B六十一歳〕

一月六日、マルタ・ビオイの長女ビクトリアが誕生。シルビナが児童文学集『滑り台 *El tobogán*』をエストラーダ社より刊行。ビオイがアルゼンチン作家協会功労賞を受賞。『豚の戦記』が映画化される。

▼ヴェトナム戦争終結〔米・ヴェトナム〕●ボルヘス『永遠の薔薇』、『砂の本』〔アルゼンチン〕●ギャディス『JR』〔米〕●バーセルミ『死んだ父親』〔米〕●J・M・ケイン『虹の果て』〔米〕●アシュベリー『凸面鏡の自画像』〔米〕●ブルーム『誤読の地図』、『カバラと批評』〔米〕●カプラ『タオ自然学』〔米〕●キューブリック『バリー・リンドン』〔米〕●G・スタイナー『バベル以後』〔英〕●コナリー『ロマン的友情』〔英〕●ブーヴィエ『日本年代記』〔スイス〕●ビュトール『夢の素材』(第一巻)〔仏〕●ペレック『Wあるいは子供の頃の思い出』〔仏〕●ガリ『これからの人生』〔仏〕●フーコー『監視と処罰——監獄の誕生』〔仏〕●フリッシュ『モントーク』〔スイス〕●モンターレ、ノーベル文学賞受賞〔伊〕●P・レーヴィ『周期律』〔伊〕●バッケッリ『進化はロケット』〔伊〕●エーコ『一般記号論』〔伊〕●パゾリーニ『海賊評論集』〔伊〕●ヴァイス『抵抗の美学』(〜八一)〔伊〕●B・シュトラウス『なじみの顔、乱れる心』〔独〕●カネッティ『言葉の良心』〔ブルガリア〕●ヒーニー『北』〔愛〕●パス『眠ることなく』〔メキシコ〕

一九七六年

●フエンテス『テラ・ノストラ』〔メキシコ〕●ガルシア＝マルケス『族長の秋』〔コロンビア〕●檀一雄『火宅の人』〔日〕
▼三月、クーデターにより軍事評議会が政権を掌握、ビデラが大統領就任〔アルゼンチン〕▼天安門事件、江青ら四人組逮捕〔中〕
▼ロッキード疑獄事件〔日〕●ボルヘス『鉄の貨幣』〔アルゼンチン〕●プイグ『蜘蛛女のキス』〔アルゼンチン〕●ベロー、ノーベル文学賞受賞〔米〕●J・M・ケイン『研究所』〔米〕●オールディス『マラキア・タペストリー』〔英〕●フーコー『性の歴史』（～八四）〔仏〕●サロート『……と馬鹿は言う』〔仏〕●ロブ＝グリエ『幻影都市のトポロジー』〔仏〕●セルバンテス賞創設〔西〕●ツェラーン『時の中庭』〔独〕
●フラバル『あまりにも騒がしい孤独』（八九刊）〔チェコ〕●トレヴァー『ディンマスの子供たち』〔愛〕●トリーフォノフ『川岸の館』〔露〕
●S・ソコロフ『馬鹿たちの学校』〔露〕●モジャーエフ『百姓と百姓女』（～八七）〔露〕●パス『帰還』〔メキシコ〕●ヴァン・デル・ポスト『ユングとわれらの時代の物語』〔南アフリカ〕●村上龍『限りなく透明に近いブルー』〔日〕

一九七七年〔O七十四歳／B六十三歳〕

シルビナが児童文学集『奇跡のオレンジ *La naranja maravillosa*』をスダメリカナ社より刊行。ビオイとボルヘスの共作短編集『ブストス・ドメック新作集 *Nuevos cuentos de Bustos Domecq*』をラ・シウダー書店（ブエノスアイレス）より刊行。

▼憲章77事件〔チェコ・スロヴァキア〕●ボルヘス『夜の歴史』〔アルゼンチン〕●コルタサル『通りすがりの男』〔アルゼンチン〕●ロス『欲望学教授』〔米〕●T・モリソン『ソロモンの歌』〔米〕●トロワイヤ『女帝エカテリーナ』〔仏〕●ユルスナール『北の古文書』〔仏〕●バルト『恋愛のディスクール・断章』〔仏〕●J・レダ『パリの廃墟』〔仏〕●B・ムナーリ『ファンタジア』〔伊〕●アレイクサンドレ、ノーベル文学賞受賞〔西〕●グラス『ひらめ』〔独〕●ヴァルラフ『大見出し』〔独〕●B・シュトラウス『再会の三部作』、『献辞』〔独〕●コンヴィツキ

『ポーランド・コンプレックス』〔ポーランド〕●K・ブランディス『非実体』〔ポーランド〕●エリアーデ『ディオニスの中庭で』〔ルーマニア〕●ナーダーシュ・ペーテル『ある一族の物語の終わり』〔ハンガリー〕●カネッティ『救われた舌』〔ブルガリア〕●リスペクトール『星の時』〔ブラジル〕●バルガス＝リョサ『フリアとシナリオライター』〔ペルー〕

一九七八年〔O七十五歳／B六十四歳〕

シルビナがエミリー・ディッキンソンの詩をスペイン語訳し、「ラ・プレンサ La Prensa」紙に発表。ビオイが短編集『女たちの英雄 *El héroe de las mujeres*』をエメセー社より刊行。

▼キャンプ・デービッド合意〔中東〕▼世界初の試験管ベビー第1号が誕生〔英〕●サイード『オリエンタリズム』〔米〕●ソンタグ『隠喩としての病』〔米〕●ジョン・アーヴィング『ガープの世界』〔米〕●S・キング『シャイニング』〔米〕●ジラール『世の初めから隠されていること』〔仏〕●ビュトール『ブーメラン』〔仏〕●マルティン＝ガイテ『奥の部屋』〔西〕●コールハース『錯乱のニューヨーク』〔蘭〕●B・シュトラウス『老若男女』〔独〕●シンガー、ノーベル文学賞受賞〔イディッシュ〕●栗本薫『ぼくらの時代』〔日〕●橋本治『桃尻娘』〔日〕●柄谷行人『マルクスその可能性の中心』〔日〕

一九七九年〔O七十六歳／B六十五歳〕

O姉ビクトリア歿。詩集『ブエノスアイレスの木々 *Árboles de Buenos Aires*』をラ・シウダー書店、詩集『学校の歌 *Canto escolar*』をフラテルナ社（ブエノスアイレス）より刊行。

▼スリーマイル島原子力発電所事故〔米〕▼イラン革命、第二次オイルショック▼ソ連、アフガン侵攻●スタイロン『ソフィーの選択』〔米〕●D・R・ホフスタッター『ゲーデル・エッシャー・バッハ——あるいは不思議の環』〔米〕●G・ベイトソン『精神と自然』〔米〕●リドリー・スコット『エイリアン』〔米〕●フランシス・コッポラ『地獄の黙示録』〔米〕●ビリー・ジョエル《マイ・ライフ》〔米〕●コリナ・ビル『ふたつのパッション』〔スイス〕●プリゴジーヌ、スタンジェール『渾沌から秩序へ』〔白〕●J＝F・リオタール『ポストモダンの条件』〔仏〕●アルド・ロッシ『世界劇場』〔ヴェネツィア・ヴィエンナーレ〕〔伊〕●オデッセアス・エリティス、ノーベル文学賞受賞〔希〕●エンデ『はてしない物語』〔独〕●村上春樹『風の歌を聴け』〔日〕●大江健三郎『同時代ゲーム』〔日〕●YMO《ソリッド・ステイト・サバイバー》〔日〕●松岡正剛編、杉浦康平造本『全宇宙誌』〔日〕

## 一九八〇年〔O七十七歳／B六十六歳〕

シルビナの姉アンヘリカ歿。マルタ・ビオイの娘ルシラ・フランク誕生。

▼イラン・イラク戦争勃発（〜八八）〔中東〕▼光州事件〔韓〕●ピグリア『人工呼吸』〔アルゼンチン〕●ジーン・ウルフ『拷問者の影』〔米〕●キューブリック『シャイニング』〔米〕●クイーン《ザ・ゲーム》〔英〕●ロラン・バルト、交通事故で死亡〔仏〕●ユルスナール、女性初のアカデミー・フランセーズ会員に〔仏〕●ドゥルーズ＝ガタリ『ミル・プラトー』〔仏〕●エーコ『薔薇の名前』〔伊〕●B・シュトラウス『喧噪』〔独〕●チェスワフ・ミウォシュ、ノーベル文学賞受賞〔ポーランド〕●クッツェー『夷狄を待ちながら』〔南アフリカ〕●田中康夫『なんとなく、クリスタル』〔日〕●村上龍『コインロッカー・ベイビーズ』〔日〕●矢玉四郎『はれときどきぶた』〔日〕●鈴木清順『ツィゴイネルワイゼン』〔日〕

## 一九八一年［O七十八歳／B六十七歳］

ノエミ・ウジャの編纂したシルビナの作品集『続き』がアメリカ・ラティーナ社（ブエノスアイレス）より刊行される。

ビオイがフランス政府からレジオンドヌール勲章を授与される。

▼皇太子チャールズとダイアナ結婚［英］▼フランス国民議会が死刑廃止を可決［仏］▼「四人組」裁判で江青らに有罪判決［中］
●コルタサル『愛しのグレンダ』［アルゼンチン］●アトウッド『肉体的な危害』［カナダ］●クローネンバーグ「スキャナーズ」［カナダ］●カーヴァー『愛について語るときぼくらが語ること』［米］●T・モリソン『タール・ベイビー』［米］●A・ウォーカー『いい女を抑えつけることはできない』［米］●J・アーヴィング『ホテル・ニューハンプシャー』［米］●ディック『ヴァリス』、『聖なる侵入』［米］●オーツ『対立物』［米］●T・モリソン『タール・ベイビー』［米］●ロス『束縛を解かれたズッカーマン』［米］●アシュベリー『影の列車』［米］●ナボコフ『ロシア文学講義』［米］●サイード『イスラーム報道』［パ］●ジェイムソン『政治的無意識』［米］●マキューアン『異邦人たちの慰め』［英］●ラシュディ『真夜中の子供たち』（ブッカー賞受賞）［英］●レッシング『シリウスの実験』［英］●シリトー『第二のチャンス』［英］●ジャーハーディ『神の第五列』［英］●〈ウリポ〉『ポテンシャル文学図鑑』［仏］●シモン『農耕詩』［仏］●ロブ＝グリエ『ジン』［仏］●デュラス『アガタ』［仏］●グラック『読みつつ、書きつつ』［仏］●ソレルス『楽園』［仏］●ユルスナール『三島あるいは空虚のヴィジョン』［仏］●サガン『厚化粧の女』［仏］●レリス『オランピアの頸のリボン』［仏］●タブッキ『逆さまゲーム』［伊］●ガッダ『退役大尉の憤激』［伊］●グエッラ『月を見る人たち』［伊］●マンガネッリ『愛』［伊］●ゲルベンス『月の川』［西］●アントゥーネス『小鳥たちの説明』［ポルトガル］●ウォルケルス『燃える愛』［蘭］●ハントケ『村々を越えて』［墺］●シュ

ヌレ『事故』〔独〕●クローロ『歩行中』〔独〕●B・シュトラウス『カップルズ、行きずりの人たち』〔独〕●ファスビンダー『ヴェロニカ・フォスの憧れ』、『ローラ』〔独〕●B・シュトラウス『カップルズ、行きずりの人たち』〔独〕●フラバル『ハーレクィンの何百万』〔チェコ〕●アンジェイエフスキ『どろどろ』〔ポーランド〕●カネッティ、ノーベル文学賞受賞〔ルーマニア〕●エミネスク『書簡一～五』〔ルーマニア〕●チュルカ『旅人』〔ハンガリー〕●ウグレシッチ『人生の題で』〔クロアチア〕●シェノア『ブランカ』〔クロアチア〕●カダレ『夢宮殿』〔アルバニア〕●エンクヴィスト『雨蛇の生活から』〔スウェーデン〕●アデーリウス『行商人』〔スウェーデン〕●ベケット『見ちがい言いちがい』〔愛〕●アクショーノフ『クリミア島』〔露〕●アルブーゾフ『残酷な遊び』、『想い出』〔露〕●デルブラング『サミュエルの書』〔露〕●フエンテス『焼けた水』〔メキシコ〕●パチェーコ『砂漠の戦い』〔メキシコ〕●イバルグエンゴイティア『ロペスの足跡』〔メキシコ〕●カブレラ＝インファンテ『ヒゲのはえた鰐に噛まれて』〔キューバ〕●ガルシア＝マルケス『予告された殺人の記録』〔コロンビア〕●ドノソ『隣の庭』〔チリ〕●バルガス＝リョサ『世界終末戦争』〔ペルー〕●グリッサン『アンティル論』〔中南米〕●グギ『拘禁　一作家の獄中記』〔ケニア〕●チュツオーラ『薬草まじない』〔ナイジェリア〕●ゴーディマ『ジュライの一族たち』〔南アフリカ〕●P・ケアリー『至福』〔オーストラリア〕

## 一九八二年〔O七十九歳／B六十八歳〕

Oノエミ・ウジャによるインタビュー『シルビナ・オカンポとの対談 *Encuentros con Silvina Ocampo*』をベルグラーノ社（ブエノスアイレス）より刊行。

▼三月、フォークランド紛争が勃発〔英・アルゼンチン〕●スピルバーグ『E.T.』〔米〕●リドリー・スコット『ブレードランナー』〔米〕●ローリー・アンダーソン《ビッグ・サイエンス》〔米〕●アリス・ウォーカー『カラーパープル』〔米〕●ジョン・ウェイン『若

者たち』〔英〕●J・レダ『城郭外壁』〔仏〕●**ビュトール『レペルトワールV』**〔仏〕●アントニオーニ『ある女の存在証明』〔伊〕●イリイチ『ジェンダー』〔墺〕●B・シュトラウス『笑劇カルデヴァイ』〔独〕●アンジェイエフスキ『どろどろ』〔ポーランド〕●ガルシア＝マルケス、ノーベル文学賞受賞〔コロンビア〕●高橋源一郎『さようなら、ギャングたち』〔日〕●村上春樹『羊をめぐる冒険』〔日〕●井上ひさし『吉里吉里人』〔日〕●大友克洋、「週刊ヤングマガジン」に『AKIRA』連載開始（〜九三）〔日〕

## 一九八三年［O八十歳／B六十九歳］

『シルビナ・オカンポ自作選集 *Páginas de Silvina Ocampo, seleccionadas por la autora*』をセルティア社（ブエノスアイレス）より刊行。

▼民政移管選挙が行われ、十二月にアルフォンシンが大統領に就任〔アルゼンチン〕▼グレナダ侵攻〔米〕▼大韓航空機撃墜事件〔露・韓〕●サエール『孤児』〔アルゼンチン〕●ゴールディング、ノーベル文学賞受賞〔英〕●アクロイド『オスカー・ワイルドの遺言』〔英〕●R・アロン『回想録』〔仏〕●ドゥルーズ『イマージュ－運動』〔仏〕●サルトル『奇妙な戦争』、『ボーヴォワールへの手紙、女たちへの手紙』〔仏〕●**サロート『子供時代』**〔仏〕●ソレルス『女たち』、「アンフィニ」誌創刊〔仏〕●エシュノーズ『チェロキー』〔仏〕●カルヴィーノ『パロマー』〔伊〕●C・ヴォルフ『カッサンドラ』〔独〕●島田雅彦『優しいサヨクのための嬉遊曲』〔日〕●森田芳光『家族ゲーム』〔日〕

## 一九八四年

▼日香港返還協定調印〔中・英〕●ソレルス『遊び人の肖像』〔仏〕●デュラス『愛人』〔仏〕●フーコー『快楽の活用』、『自己への配慮』〔仏〕●ピンチョン『スローラーナー』〔米〕●W・ギブソン『ニューロマンサー』〔米〕●J・G・バラード『太陽の帝国』

［英］●ブルックナー『秋のホテル』［英］●J・バーンズ『フロベールの鸚鵡』［英］●C・オステール『殺し屋の休息』［仏］●B・シュトラウス『公園』、『青年』［独］●ハヴェル『ラルゴ・デゾラート』［チェコ］●クンデラ『存在の耐えられない軽さ』［チェコ］●サイフェルト、ノーベル文学賞受賞［チェコ］●パヴィチ『ハザール事典』［セルビア］●ブロツキー『大理石』［露］●宮崎駿『風の谷のナウシカ』［日］

## 一九八五年［O八十二歳／B七十一歳］

シルビナが詩集『聖人略伝 *Breve santoral*』をガリアノネ社（ブエノスアイレス）より刊行（挿絵ノラ・ボルヘス、序文ホルヘ・ルイス・ボルヘス）、コネックス財団から賞を受ける。ビオイが長編小説『写真家のラプラタ探険 *La aventura de un fotógrafo en La Plata*』をエメセー社より刊行。ビオイの作品集『選集 *Páginas de Adolfo Bioy Casares seleccionadas por el autor*』をシルクロ・デ・レクトーレス（バルセロナ）より刊行。

▼ゴルバチョフ政権誕生、ペレストロイカ開始［露］▼メキシコ大地震［メキシコ］▼八月十二日、日本航空１２３便墜落事故［日］●E・サバト『二度と繰り返さない』［アルゼンチン］●ギャディス『カーペンターズ・ゴシック』［米］●アクロイド『ホークスムア』［英］●トゥーサン『浴室』［白］●C・シモン、ノーベル文学賞受賞［仏］●ハーバーマス『近代の哲学的ディスクルス』［独］●ジュースキント『香水』［独］●H・ベル『川の風景に立つ女たち』［独］●B・シュトラウス『一日だけお客に来た男の思い出』［独］●ガルシア＝マルケス『コレラの時代の愛』［コロンビア］●村上春樹『世界の終わりとハードボイルド・ワンダーランド』［日］●山田詠美『ベッドタイムアイズ』［日］●伊丹十三『タンポポ』［日］

一九八六年〔O八十三歳／B七十二歳〕

五月十二日、ビオイ夫妻とジュネーヴ滞在中のボルヘスが電話で最後の対話。六月十四日、ジュネーヴでボルヘス歿。シルビナが長編小説『果てしない塔 *La torre sin fin*』をアルファグアラ社（マドリード）より刊行。ビオイが短編集『途方もない物語集 *Historias desaforadas*』をエメセー社より刊行。ビオイが国際ペンクラブの名誉メンバーに選ばれる。

▼チェルノブイリ原子力発電所事故〔露〕●サエール『グロサ』〔アルゼンチン〕●キャシー・アッカー『ドン・キホーテ』〔米〕●B・E・エリス『レズ・ザン・ゼロ』〔米〕●D・リンチ『ブルーベルベット』〔米〕●オールディス『一兆年の宴』〔英〕●トゥーサン『ムッシュー』〔白〕●モディアノ『八月の日曜日』〔仏〕●エシュノーズ『マレーシアの冒険』〔仏〕●J・レダ『隙間風の城』〔仏〕●ロメール『緑の光線』〔仏〕●カラックス『汚れた血』〔仏〕●ケレンドンク『神秘の身体』〔蘭〕●ベルンハルト『消去』〔独〕●ツェンダー《シュテファン・クリマクス》〔独〕●B・シュトラウス『旅行ガイド嬢』〔独〕●アンゲロプロス『蜂の旅人』〔希〕●ナーダシュ・ペーテル『回想の書』〔ハンガリー〕●カルチェフ『平和な時』〔ブルガリア〕●アイトマーノフ『処刑台』〔キルギス〕●エドワード・ヤン『恐怖分子』〔台湾〕●赤瀬川源平ら路上観察学会を結成〔日〕●宮崎駿『天空の城ラピュタ』〔日〕

一九八七年〔O八十四歳／B七十三歳〕

Oシルビナが短編集『そして続けて *Y así sucesivamente*』をトゥスケッツ社（バルセロナ）より刊行。シルビナにアルツハイマーの診断が下る。

▼大韓航空機爆破事件〔韓国・北朝鮮〕●ベルトルッチ『ラストエンペラー』〔伊・中・英・仏・米〕●トム・ウルフ『虚栄のかがり火』〔米〕●トニ・モリスン『ビラブド』〔米〕●バーホーベン『ロボコップ』〔米〕●キューブリック『フルメタル・ジャケット』〔米〕●ソレルス『ゆるぎなき心』〔仏〕●ジュネット『スイユ』〔仏〕●ダミッシュ『遠近法の起源』〔仏〕●サングイネーティ『ビスビディス』〔伊〕●B・シュトラウス『ほかならぬ人』〔独〕●シメリョーフ『パシコフ館』〔露〕●アクショーノフ『悲しきベビーを求めて』〔露〕●アフマドゥーリナ『庭』〔露〕●F・デル・パソ『帝国の動向』〔メキシコ〕●ヨシフ・ブロツキー、ノーベル文学賞受賞〔露〕●池澤夏樹『スティル・ライフ』〔日〕●俵万智『サラダ記念日』〔日〕●伊丹十三『マルサの女』〔日〕●高山宏『メデューサの知』〔日〕

## 一九八八年〔O八十五歳／B七十四歳〕

O シルビナが短編集『鏡の前のコルネリア *Cornelia frente al espejo*』をトゥスケッツ社より刊行。

▼PLO、パレスチナ国家独立を宣言〔中東〕▼8888民主化運動が発生〔ビルマ〕▼十二月六日、ゴルバチョフソ連党書記長、訪米●クローネンバーグ『戦慄の絆』〔カナダ〕●アプダイク『S』〔米〕●カザン『エリア・カザン自伝』〔米〕●C・ギアツ『文化の読み方／書き方』〔米〕●ゼメキス『ロジャー・ラビット』〔米〕●サルマン・ラシュディ『悪魔の詩』〔英〕●トゥーサン『カメラ』〔白〕●ベッソン『グラン・ブルー』〔仏〕●エーコ『フーコーの振り子』〔伊〕●カルヴィーノ『カルヴィーノの文学講義』〔伊〕●ランスマイア『最後の世界』〔墺〕●ケルテース・イムレ『挫折』〔ハンガリー〕●アントーノフ『谷間』〔露〕●V・グロスマン『人生と運命』〔露〕●I・カバコフ《十の人物》〔露〕●P・ケアリー『オスカーとルシンダ』〔豪〕●残雪『天国の対話』〔中〕●色川武大『狂人日記』〔日〕●北村太郎『港の人』〔日〕●木村敏『あいだ』〔日〕●宮崎駿『となりのトトロ』〔日〕●『ドラゴンクエストIII』発売、社会現象に〔日〕

一九八九年〔O八十六歳／B七十五歳〕

Oこの頃からシルビナの記憶力が著しく衰える。

▼天皇崩御、平成に改元〔日〕▼東京・埼玉幼女連続殺人事件、宮崎勤容疑者逮捕〔日〕▼天安門事件〔中〕▼ベルリンの壁撤廃〔欧〕▼チャウシェスク政権崩壊、チャウシェスク処刑に〔ルーマニア〕▼マルタ会談、東西冷戦終結へ〔米・ソ〕▼ダライ・ラマ十四世、ノーベル平和賞受賞〔チベット〕●S・J・グールド『ワンダフル・ライフ』〔米〕●カズオ・イシグロ『日の名残り』（ブッカー賞受賞）〔英〕●ニコリス、プリゴジーヌ『複雑性の探究』〔白〕●C・オステール『バレーボール』〔仏〕●カミーロ・ホセ・セラ、ノーベル文学賞受賞〔西〕●宮崎駿監督『魔女の宅急便』〔日〕●長野まゆみ『少年アリス』〔日〕

一九九〇年〔O八十七歳／B七十六歳〕

Bビオイがマドリード滞在中にセルバンテス賞受賞を知らされ、スペインで様々なイベントに登壇。

▼東西ドイツ統一〔独〕●ポッセ『ラプラタ川の女王』〔アルゼンチン〕●アプダイク『休息するウサギ』〔米〕●ピンチョン『ヴァインランド』〔米〕●クリステヴァ『サムライ』〔仏〕●H・ギベール『ぼくの命を救ってくれなかった友へ』〔仏〕●クーネルト『疎遠な自宅』〔独〕●C・ヴォルフ『何が残るか』〔独〕●クンデラ『不滅』〔独〕●パス『もうひとつの声』、ノーベル文学賞受賞〔メキシコ〕●フエンテス『たたかい』〔メキシコ〕

一九九一年〔O八十八歳／B七十七歳〕

ビオイが短編集『ロシア人形 *Una muñeca rusa*』をトゥスケッツ社、旅行記『ブラジル旅行記 *Unos días en el Brasil*』をラティノアメリカナ社（ブエノスアイレス）より刊行。四月二十三日、ビオイがスペインのアルカラ・デ・エナレスでセルバンテス賞の授賞式に出席。シルビナがブエノスアイレス市から名誉市民の称号を与えられる。マティルデ・サンチェスの編纂したシルビナの作品集『秘密の規則 *Las reglas del secreto*』をフォンド・デ・クルトゥーラ・エコノミカ社（メキシコ）より刊行。

▼一月十七日、多国籍軍、イラクを空爆。湾岸戦争勃発▼ソ連が崩壊〔露〕▼アウンサンスーチー、ノーベル平和賞受賞〔ビルマ〕●アジャルディネッリ『記憶の審判』〔アルゼンチン〕●アトウッド『荒野の助言』〔カナダ〕●ドン・デニーロ『毛沢東II』〔米〕●アシュベリー『流れ図』〔米〕●J・アーチャー『チェルシー・テラスへの道』〔英〕●M・エイミス『時の矢』〔英〕●B・オールディス『ドラキュラ解縛』〔英〕●A・カーター『賢い子供たち』〔英〕●イーグルトン『イデオロギーとは何か』〔英〕●トゥーサン『ためらい』〔白〕●キニャール『めぐり逢う朝』〔仏〕●H・ギベール『召使と私』〔仏〕●カラックス『ポンヌフの恋人』〔仏〕●ザンゾット『近づいてゆく空想力』〔伊〕●ウンブラル『マドリードで愛する』〔西〕●イェリネク『トーテナウベルク』〔墺〕●ジュースキント『ゾンマーさんの物語』〔独〕●シュトルック『青ひげ公の影』〔独〕●B・シュトラウス『最後の合唱』〔独〕●クレッツ『農民劇』〔独〕●エステルハージ・ペーテル『ハーン＝ハーン伯爵夫人のまなざし』〔ハンガリー〕●アンティ『地域暖房』〔スウェーデン〕●エンクヴィスト『キャプテン・ネモの図書室』〔スウェーデン〕●エーデルフェルト『儀式』〔スウェーデン〕

●B・オクリ『飢餓の道』［ナイジェリア］●オショフィサン『エスと吟遊詩人たち』［ナイジェリア］●アイドゥ『変化』［ガーナ］●ゴーディマ『ジャンプ』［南アフリカ］●青野聰『母よ』［日］●安部公房『カンガルー・ノート』［日］

## 一九九二年［O八十九歳／B七十八歳］

シルビナがアルゼンチン作家協会賞受賞。フェルナンド・ソレンティーノによるインタビュー集『アドルフォ・ビオイ・カサーレスとの七回の会話 *Siete conversaciones con Adolfo Bioy Casares*』をスダメリカナ社より刊行。

▼ボスニア・ヘルツェゴビナの内戦始まる［東欧］●オンダーチェ『イギリス人の患者』［カナダ］●A・ウォーカー『喜びの秘密』［米］●スナイダー『ノー・ネイチャー』［米］●トニ・モリスン『白さと想像力』［米］●タランティーノ『レザボア・ドッグス』［米］●タウンゼンド『侵略者たち』［英］●ビュトール『トランジット』［仏］●H・ギベール『赤い帽子の男』、『楽園』［仏］●ソレルス『秘密』［仏］●エチェガライ『ドン・ファンの息子』［西］●マルティン＝ガイテ『時々くもり』［西］●ジュンケイロ『素朴な人々』［ポルトガル］●ハントケ『お互いに何ひとつ関知しなかったひととき』［墺］●イェンス『ヘヒンゲンから来たユダヤ人』［独］●グラス『鈴蛙の呼び声』［独］●ケップフ『ピラネージの夢』［独］●ハイナー・ミュラー『闘いなき戦い』［独］●ハーバーマス『事実性と妥当性』［独］●ヘルタ・ミュラー『狙われたキツネ』［ルーマニア］●パヴィチ『風の内側』［セルビア］●カネッティ『蝿の苦しみ』［ブルガリア］●イスカンデール『人間とその周辺』［アブハジア］●コルジャーヴィン『時は与えられた』［露］●アルヴェーン『ゾウの耳』［スウェーデン］●R・アレナス『夜になるまえに』［キューバ］●カサル『雪』［キューバ］●カブレラ＝インファンテ『メア・キューバ』［キューバ］●ソルキー『旅行者アナンシ』［ジャマイカ］●シャモワゾー『テキサコ』［マルティニーク］●ガルシア＝マルケス『十二の遍歴の物語』

〔コロンビア〕●残雪『黄泥街』〔中〕●デレク・ウォルコット、ノーベル文学賞受賞〔セント・ルシア〕●残雪『黄泥街』〔中〕

## 一九九三年〔O九十歳／B七十九歳〕

ビオイが長編小説『不揃いなチャンピオン *Un campeón desparejo*』をトゥスケッツ社より刊行。十二月十四日、シルビナがブエノスアイレスの自宅で歿。

▼チェコスロバキア連邦、チェコ共和国とスロバキア共和国に分離〔中欧〕●ジャルディネッリ『神罰』〔アルゼンチン〕●トニ・モリスン、ノーベル文学賞受賞〔米〕●ギブソン『ヴァーチャル・ライト』〔米〕●A・グレイ『ほら話と本当の話、ほんの十ほど』〔英〕●ピンター『月の光』〔英〕●フォーサイス『神の拳』〔英〕●キニャール『舌の先まで出かかった名前』〔仏〕●ビュトール『ミシェル・ビュトールをめぐる即興演奏』〔仏〕●ゴイティソロ『マルクス家の系譜』、『サラエヴォ・ノート』〔西〕●B・シュトラウス『バランス』〔独〕●ケップフ『ヘミングウェイのスーツケース』〔独〕●M・ヴァルザー『みんなばらばら』〔独〕●パーラル『至福と笑いと喜びの書』〔チェコ〕●カプシチンスキ『帝国』〔ポーランド〕●シンボルスカ『終わりと始まり』〔ポーランド〕●ストルィコフスキ『沈黙』〔ポーランド〕●トカルチュク『本の人々の旅』〔ポーランド〕●ヘルタ・ミュラー『櫛を取る監視人』〔ルーマニア〕●エミネスク『不毛の天才』、『チェザーラ』〔ルーマニア〕●ドラクリッチ『バルカン・エクスプレス』〔クロアチア〕●トランストレーメル『記憶が私を眺める』〔スウェーデン〕●アレクシエーヴィチ『死に魅入られた人びと』〔露〕●オクジャワ『閉鎖された劇場』〔露〕●カサル『胸像と詩』〔キューバ〕●オネッティ『もはや意味のなくなる時』〔ウルグアイ〕●B・オクリ『恍惚の歌』〔ナイジェリア〕

## 一九九四年［B八十歳］

Bビオイの娘マルタがブエノスアイレス市内の交通事故で歿。ビオイが回想録『メモリアス *Memorias*』をトゥスケッツ社より刊行。ビオイがマドリードのコンプルテンセ大学から金メダルを授与される。

▼NATO、「平和のためのパートナーシップ」（PfP）を発表［欧］▼イスラエル・ヨルダン平和条約調印［中東］▼ルワンダ虐殺［ルワンダ］▼松本サリン事件［日］●ゼメキス『フォレスト・ガンプ／一期一会』［米］●タランティーノ『パルプ・フィクション』［米］●L・ベッソン『レオン』［仏］●エシュノーズ『われら三人』［仏］●ウェルベック『闘争領域の拡大』［仏］●マルティン＝ガイテ『雪の女王』［西］●トマス・エロイ・マルティネス『サンタ・エビータ』［アルゼンチン］●大江健三郎、ノーベル文学賞受賞［日］

## 一九九五年

▼WTO発足▼WTジャック・シラク、仏大統領に当選［仏］▼ポーランドの公式通貨、デノミネーション実施により、一万旧ズウォティ（PLZ）が一新ズウォティ（PLN）に変更［ポーランド］▼エボラ出血熱、ザイールで流行［アフリカ］▼一月十七日、阪神・淡路大震災発生。三月二十日、地下鉄サリン事件。五月十六日、オウム真理教代表麻原彰晃、山梨県上九一色村で逮捕［日］●カズオ・イシグロ『充たされざる者』［英］●B・シンガー『ユージュアル・サスペクツ』［米］●C・クラハト『ファーザーラント』［スイス］●C・ランズマン『ショアー』［仏］●M・ラドフォード『イル・ポスティーノ』［伊］●詩人シェイマス・ヒーニー、ノーベル文学賞受賞［アイルランド］●フエンテス『ガラスの国境』［メキシコ］●島田雅彦『忘れられた帝国』［日］●近藤喜文『耳をすませば』［日］●庵野秀明『新世紀エヴァンゲリオン』（〜九六）［日］

一九九六年〔B八十二歳〕

Bビオイがアルゼンチンのクーヨ大学とサンタフェ大学から名誉博士号を受ける。

▼ニューデリー空中衝突事故〔印〕●R・フランシヨン監修『スイス・ロマンド文学史』(～九九)〔スイス〕●ビュトール『ジャイロスコープ』〔仏〕●モンターレ『没後の日記』〔伊〕●ジンフェレル『ある作家の道程』〔西〕●ガラ『自分の手で』〔西〕●マルティン＝ガイテ『凧の糸』〔西〕●B・シュトラウス『イタカ』〔独〕●C・ヴォルフ『メディア』〔独〕●シンボルスカ、ノーベル文学賞受賞〔ポーランド〕●トカルチュク『プラヴィエク村とそのほかの時代』〔ポーランド〕●ペレーヴィン『チャパーエフと空虚』〔露〕●ガルシア＝マルケス『ある誘拐のニュース』〔コロンビア〕●柳美里『家族シネマ』〔日〕

一九九七年〔B八十三歳〕

Bコロンビアのノルマ社よりビオイ・カサーレス全集の刊行が開始される(～九八)。

▼ダイアナ元イギリス王太子妃、パリで交通事故死〔英〕▼大韓航空八〇一便墜落事故〔韓〕▼ペルー日本大使公邸占拠事件〔日〕●ピンチョン『メイスン＆ディクスン』〔米〕●P・ロス『アメリカン・パストラル』(ピュリツァー賞受賞)〔米〕●ドン・デリーロ『アンダーワールド』〔米〕●W・ギブソン『パターン・レコグニション』〔米〕●S・キング『カーラの狼(ダーク・ワールド)』〔米〕●J・グリシャム『甘い薬害』〔米〕●ティム・バートン『オイスターボーイの憂鬱な死』〔米〕●J・クレイス『四十日』〔英〕●I・マキューアン『愛の続き』〔英〕●J＝C・グランジェ『狼の帝国』〔仏〕●ダリオ・フォ、ノーベル文学賞受賞〔伊〕●タブッキ

『ダマセーノ・モンテイロの失われた首』〔伊〕●バルガス＝リョサ『官能の夢——ドン・リゴベルーの手帖』〔ペルー〕●ロベルト・ボラーニョ『通話』〔チリ〕●J・M・クッツェー『少年時代』〔南アフリカ〕●ルル・ワン『睡蓮の教室』〔中〕

一九九八年〔B八十四歳〕

Bビオイが短編集『ささやかな魔法 *Una Magia Modesta*』をトゥスケッツ社、長編小説『一つの世界から別の世界へ *De un mundo a otro*』をエメセー社より刊行。

▼ベルファスト合意〔英・愛〕●アーヴィング『未亡人の一年』〔米〕●カニンガム『めぐりあう時間たち』〔ピュリッツァー賞受賞〕〔米〕●T・ウルフ『成りあがり者』〔米〕●S・キング『骨の袋』〔米〕●P・コーンウェル『業火』〔米〕●J・バーンズ『イングランド・イングランド』〔英〕●マキューアン『アムステルダム』〔ブッカー賞受賞〕〔英〕●ウェルベック『素粒子』〔仏〕●C・オステール『オディールのいないところ』〔仏〕●P・ラバテ『イビクス』〔〜二〇〇二〕〔仏〕●ジョゼ・サラマーゴ、ノーベル文学賞受賞〔ポルトガル〕●トカルチュク『昼の家、夜の家』〔ポーランド〕●パウロ・コエーリョ『ベロニカは死ぬことにした』〔ブラジル〕●ボラーニョ『野生の探偵たち』〔チリ〕

一九九九年〔B八十四歳〕

『シルビナ・オカンポ短編全集 *Cuentos completos*』全二巻がエメセー社より刊行される。三月八日、ビオイ・カサーレスがブエノスアイレスで歿。

▼NATO軍による、ユーゴスラビア全域の空爆開始〔欧〕●スナイダー『ゲーリー・スナイダー読本』〔米〕●エシュノーズ『ぼくは行くよ』〔仏〕●C・オステール『僕のアパルトマン』〔仏〕●グラス、ノーベル文学賞受賞〔独〕●ブラッシュ『少女殺しブルンケ』〔独〕●エーデルフェルト『秘密の名前』〔スウェーデン〕●クッツェー『恥辱』〔南アフリカ〕

二〇〇〇年

**B**セルヒオ・ロペスがビオイの歿する直前に行ったロングインタビュー『ビオイの言葉 *Palabra de Bioy*』をエメセー社より刊行。

▼プーチン、大統領に就任〔露〕▼第二次インティファーダ勃発〔中東〕●アトウッド『昏き目の暗殺者』〔カナダ〕●ネグリ、ハート『帝国』〔米〕●ダン・ブラウン『天使と悪魔』〔米〕●ダニエレブスキー『紙葉の家』〔米〕●クリス・ウェア『ジミー・コリガン』〔米〕●カズオ・イシグロ『わたしたちが孤児だったころ』〔英〕●E・ギベール『アランの戦争』(~〇八)〔仏〕●ウェルベック『ランサローテ島』〔仏〕●エーコ『バウドリーノ』〔伊〕●イェリネク『情欲』〔墺〕●ヘルタ・ミュラー『髪の結び目にすむ婦人』〔ルーマニア〕●ラース・フォン・トリアー『ダンサー・イン・ザ・ダーク』〔デンマーク〕●バルガス・リョサ『チボの狂宴』〔チリ〕●高行健、ノーベル文学賞受賞〔中〕●奥浩哉『GANTZ』(~一三)〔日〕●宮藤官九郎『池袋ウエストゲートパーク』〔日〕

二〇〇六年

**O**シルビナの未発表中編・短編集『繰り返し *Las repeticiones*』、自伝的韻文『記憶の創造 *Invenciones del recuerdo*』がともにスダメリカナ社より刊行される。

▼イラン、濃縮ウラン生産成功を発表〔イラン〕▼ライブドア事件〔日〕▼イラン、濃縮ウラン生産成功を発表〔日〕●Twitter登場〔米〕●ピンチョン『逆光』〔米〕●ダニエレブスキー『オンリー・レヴォリューションズ』〔米〕●C・マッカーシー『ザ・ロード』〔米〕●リテル『慈しみの女神たち』（仏語）〔米〕●A・ベクダル『ファン・ホーム ある家族の悲喜劇』〔米〕●エシュノーズ『ラヴェル』〔仏〕●バルガス・リョサ『悪い娘の悪戯』〔ペルー〕●ショーン・タン『アライバル』〔豪〕●山中伸弥、iPS細胞論文を公表〔日〕

## 二〇〇八年

**O** シルビナの遺稿集『闇の軍隊 *Ejércitos de la oscuridad*』がスダメリカナ社より刊行される。

▼リーマンショック▼大統領選挙で民主党のバラク・オバマが勝利。初の黒人大統領に〔米〕▼秋葉原無差別殺傷事件〔日〕●P・オースター『闇の中の男』〔米〕●T・チャン『あなたの人生の物語』〔米〕●ストラウト『オリーヴ・キタリッジの生活』〔米〕●H・ボーショー『外環状高速道路』〔白〕●E・ギベール『アランの戦争』〔仏〕●J・スファール『星の王子さま』〔仏〕●ヴィンシュルス『ピノキオ』〔仏〕●ヴィヴェス『塩素の味』〔仏〕●ボラーニョ『2666』〔チリ〕●ショーン・タン『遠い町から来た話』〔豪〕●A・ラヒーミー『悲しみを聴く石』〔アフガニスタン〕●劉慈欣『三体』〔中〕●川上未映子『乳と卵』〔日〕●水村美苗『日本語が亡びるとき』〔日〕

## 二〇一一年

**O** シルビナの未発表長編小説『約束 *La promesa*』がルーメン社（バルセロナ）より刊行される。

▼東日本大震災、福島第一原子力発電所事故〔日〕▼CNNテレビ、ウサマ・ビンラディン容疑者が殺害されたと報道〔米〕▼リビア内戦、ムアンマル・アル＝カッザーフィー、殺害される〔リビア〕●カーネマン『ファスト&スロー』〔米〕●ラーナー『アトーチャ駅を離れて』〔米〕●オンダーチェ『名もなき人たちのテーブル』〔カナダ〕●J・バーンズ『終わりの感覚』(ブッカー賞受賞)〔英〕●R・ドーキンス『ドーキンス博士が教える「世界の秘密」』〔英〕●トランストロンメル、ノーベル文学賞受賞〔スウェーデン〕●ポニアトウスカ『レオノーラ』〔メキシコ〕●ユヴァル・ノア・ハラリ『サピエンス全史』〔イスラエル〕

## 二〇一四年

⓪遺稿集『時間のスケッチ *El dibujo del tiempo*』がスダメリカナ社より刊行される。

▼イスラム教スンニ派武装組織ISIL、カリフ制イスラム国家の樹立を宣言、IS(イスラム国)に名称変更を宣言〔中東〕▼マレーシア航空一七便撃墜事件〔ウクライナ〕▼エボラ出血熱が流行〔西アフリカ〕▼理化学研究所、新たな万能細胞「STAP細胞」作製成功の論文を「Nature」誌に発表するも、不正、検証不能が判明。論文取り下げに〔日〕●N・クライン『これがすべてを変える――資本主義VS気候変動』〔カナダ〕●アリ・スミス『両方になる』〔米〕●A・ドーア『すべての見えない光』〔米〕●マキューアン『未成年』〔英〕●C・ノーラン『インターステラー』〔英〕●モディアノ、ノーベル文学賞受賞〔仏〕●トカルチュク『ヤクプの書物』〔ポーランド〕●フラナガン『奥のほそ道』(ブッカー賞受賞)〔オーストラリア〕

## 二〇一七年

『愛する者は憎む』の映画版がアルゼンチン各地で公開。

▼#MeToo運動〔米〕▼金正男、クアラルンプールで暗殺される〔北朝鮮〕●J・ウォード『歌え、葬られぬ者たちよ、歌え』〔米〕●E・ストラウト『何があってもおかしくない』〔米〕●カズオ・イシグロ、ノーベル文学賞受賞〔英〕●ウエルベック『ショーペンハウアーとともに』〔仏〕

# 訳者解題

## 不思議な二人三脚――シルビナ・オカンポとアドルフォ・ビオイ・カサーレス

夫婦揃って幻想文学の担い手というラテンアメリカ文学でも珍しい二人組、シルビナ・オカンポとアドルフォ・ビオイ・カサーレスが日本で一躍脚光を浴びたのは二〇二一年のことであり、この年、それぞれの代表作、短編集『復讐の女／招かれた女たち』（〈ルリユール叢書〉幻戯書房）と長編小説『英雄たちの夢』（〈フィクションのエル・ドラード〉水声社）が相次いで邦訳されたことで、両者の紹介は一気に加速した。同年十二月には、両作の翻訳者（寺尾隆吉、大西亮）と作家保坂和志氏による鼎談がインスティトゥト・セルバンテス東京で開催され、コロナ禍にもかかわらず、対面とオンラインで多くの聴衆が参加する大盛況のイベントとなった。ビオイについては、セルバンテス賞作家ということもあり、『モレルの発明』（一九四〇）の邦訳がすでによく知られていたこともあって、以前から日本でも比較的名を知られていたが、「アルゼンチン文学の秘宝」と称されていたシルビナについては、これを機に一般外国文学愛好家の間で一気に知名度が上がった感がある。同じ二〇二一年中には、別の出版社からもシルビナの短編選集が発表されており（『蛇口　オカンポ短編選』、松本健二訳、東宣出版）、彼女の特異な文学世界はもちろん、ビオイとの協力関係や愛憎入り混じる夫婦生活の実態に注目する読者も増えているようだ。

シルビナとビオイが共作した唯一の小説である本書『愛する者は憎む』は、日本では辛うじてその存在が知られているだけで、ラテンアメリカ文学研究者でさえ読んだことのある者は少ないが、祖国アルゼンチンでは現在も根強い人気を誇っており、国内最大手のエメセー社が、一九四六年の初版刊行以来、七十五年以上も定期的に改版・増刷を続けている。一九八九年にバルセロナのトゥスケッツ社から普及版が刊行されて以降は、地味ながらスペイン語圏全体に少しずつ浸透しており、今世紀に入ってからシルビナの文学的評価がうなぎ上りになっていることにも後押しされて、本書を手に取る一般読者、さらには研究対象として取り上げる専門家が世界中で着実に増え続けている。二〇一七年には、アレハンドロ・マシ監督による映画版が制作され、アルゼンチン国内二百四十館で上映されて大きな話題を呼んだほか、これに合わせてエメセー社からその前年に装丁を変えて再版された本書は、二年間で四度の増刷を数えた。

とはいえ、長年にわたり様々な版が出回ったこともあってか、『愛する者は憎む』の初版がエメセー社の伝説的推理小説コレクション〈第七圏《セプティモ・シルクロ》〉から刊行されていたという事実を知る者は、アルゼンチン国内でさえ意外に少ないようだ。後述するとおり、このコレクションの大半は翻訳作品であり、ただでさえアルゼンチン人作家の存在が目立たなかったうえ、版元のエメセー社は、一九八五年の再版に際して本書を別のコレクション「サスペンスの巨匠」に移す措置を採っている。また、一九八〇年代後半に初めてビオイ＝シルビナと出版契約を結んだスペインのトゥスケッツ社は、会社の看板とも言うべき小説コレクション〈アンダンサス〉から本書を刊行し、〈第七圏〉については特に言及しなかった。こうした事情に鑑みれば、とりわけ若い世代の読者が『愛する者は憎む』と〈第七圏〉の接点に気づかないのは無理もないかもしれない。だが、実のところ、本書の執筆・刊行と〈第七圏〉の創刊は密接に繋がっており、ホルヘ・ルイス・ボルヘスとアドルフォ・ビオイ・カサーレス、通称「ビオルヘス」の文学的趣味と出版社の経済的思惑が合致してドル箱となったこの企画との相関を中心に、まずは『愛する者は憎む』を当時の社会的・文化的コンテクストに位置づけてみることが作品読解の第一歩となるだろう。

### 伝説の〈第七圏〉――ビオルヘスと推理小説

文学研究者の一般的見解によれば、推理小説がイギリスとアメリカ合衆国を舞台に黄金時代に入るのは第一次世界大戦終了後の一九二〇年代だが、ともにアルゼンチンの知的エリート階級出身で英語もフランス語も堪能だったボルヘスとビオイは、すでにこの段階から推理小説を愛読していたことが知られている。一九二一年までヨーロッパで過ごしたボルヘスは、前衛詩の創作を手掛ける傍ら、ブラウン神父シリーズを中心とするG・K・チェスタトンの短編に惚れ込み、ビオイは、一九二〇年代後半からコナン・ドイルやガストン・ルルーの作品を読み漁ったばかりか、一九二八年の時点で推理小説仕立ての短編小説を執筆したと言われている。詩作により文壇に名声を得て物語文学の執筆に着手しようとしていたボルヘスと、詩とは無縁に物語文学の執筆で文壇に乗り込もうとしていたビオイが知り合ったのは、一九三二年、シルビナの姉ビクトリア・オカンポがブエノスアイレス郊外のサン・イシドロに所有する別荘においてだったとされる。初対面から意気投合した二人は、以後、文学、哲学、歴史、芸術、文壇のゴシップ、様々なテーマで意見をぶつけ合うことになるが、物語文学を巡る二人の議論で常に中心的位置を占めたのは幻想文学と推理小説だった。ボルヘスは、一九三〇年代を通じて「スール」（一九三一年にビクトリア・オカンポが創刊した名門文芸雑誌）や「エル・オガール」（一九〇四年に創刊された通俗的婦人雑誌）といった媒体に書評を寄稿し続けており、その大部分は同時代の欧米で刊行された幻想文学や推理小説を対象としていた。シルビナが二人と交流を深めたのも同じ頃であり、幻想文学を巡って三人が頻繁に交わした議論は、一九四〇年、スダメリカナ社から刊行されたアンソロジー『幻想文学選集』として結実している。だが、ビオイとシルビナが一九三四年に恋仲となって同棲を始めた後も、ボルヘスとビオイが結んだ絆は揺るぎなく、シルビナを排して二人で共同執筆や編纂作業に臨むことがしばしばあった。その代表例が、一九四二年初頭から「オノリオ・ブストス・ドメック」名義で「スール」に掲載を開始したドン・イシドロ・パロディを主人公とする連作推理小説短編集であり、最終的には、六作を収録した『ドン・イシドロ・パロディ六つの難事件』（邦訳は木村榮一、岩波書店、二〇〇〇年）が同じ年にスール出版から単行本として刊行されている。当初は作者の正体が伏せられており、アルゼンチンにおける推理小説への理解が乏しかったこともあって、馬鹿げた〈おふざけ〉として一蹴されることもあったようだが、作中では、収監中のイシドロ・パロディが獄中で相談者から聞いた話をもとに論理的考察だけで難事件を解決していく過程が緻密に描き出されており、ビオルヘスのコンビがこの時点ですでに推理小説の作法に精通していたことが窺われる。

そして一九四三年、アルゼンチンにおける推理小説の歴史を大きく変えるアンソロジー『推理小説短編傑作選』がビオルヘスの手で編纂される。この本の出版を手掛けたエメセー社は、一九四〇年代後半からアルゼンチンの〈出版黄金時代〉を支え、今でこそ国内最大手にまでのしあがっているが、この当時はまだ弱小出版社でしかなかった。アルゼンチンの出版黄金時代は、一九三〇年代末に相次いで創業された三大出版社、ロサダ社（一九三八年創業）、スダメリカナ社（一九三九年創業）、エメセー社（一九三九年創業）を中心に展開することになり、一九四〇年代以降、三社ともビオルヘスの作品や翻訳を何らかの形で刊行している。スペインの伝統的出版社エスパサ・カルペから分岐したロサダ社が、ともにマドリード出身の創始者ゴンサロ・ロサダと文学顧問ギジェルモ・デ・トーレ（ボルヘスの義弟）の指揮下、フェデリコ・ガルシア・ロルカやホセ・オルテガ・イ・ガセットなど、スペインの現代文学と思想を中心にラインアップを組む一方、雑誌「スール」の出版部門として創設されたスダメリカナ社は、ビクトリア・オカンポとバルセロナ出身の敏腕編集者アントニオ・ロペス・ジャウサスという二人のコスモポリタン文化人に導かれて、欧米の文化・思想潮流を国内に紹介する啓蒙路線を打ち出した。それに較べれば、二人のガリシア人、マリアノ・メディーナ・デル・リオとアルバロ・デ・ラス・カサスによって創設されたエメセー社は、なかなか独自のカラーを打ち出すことができず、ガリシア地方の案内書など、アルゼンチンで売れるわけもない本を刊行するばかりで、当初は出版業界の活況に乗り遅れていた。

他方、「一九二〇年代と三〇年代には、翻訳できる人は誰もが翻訳し、翻訳できない人は翻訳を読むか、普及するか、出版するか、その宣伝をするか、いずれかだった」と有力批評家ベアトリス・サルロが要約したアルゼンチン出版界の状況は、一九四〇年代に入ってからもほぼ変わっておらず、出版社にとって確実に収入が見込めるのは、欧米を中心とする外国文学・思想の翻訳書だった。欧米文化の紹介に積極的だったスダメリカナ社はもちろん、スペイン主義を追求していたロサダ社でさえ、一九五〇年代後半までは翻訳書を一定数手掛けることで経営の安定を図っている。エメセー社も、創業者に代わり大富豪のブラウン・メネンデス一家が経営の実権を握った一九四三年以降、世界文学の翻訳出版へと急速に舵を切ることになり、その顧問役として白羽の矢が立ったのが、すでにアルゼンチン文学界を賑わせていたビオルヘスだった。ビオイが『メモリアス』(邦訳は大西亮、現代企画室、二〇一〇年)で回想しているとおり、当初のエメセー社の目論見は、世界の古典文学から選りすぐったコレクションの編纂を二人に任せることだったようだが、これは企画倒れに終わり、その代替として二人が出版社に持ちかけたのが推理小説コレクションだった。最初こそエメセー社から色よい反応は得られなかったものの、露払いのような形で二人が編纂した『推理小説短編傑作選』が同社から一九四三年に刊行されると、これが新聞・雑誌に取り上げられて話題を呼び、予想外のヒットとなった。

ここに収録された十六作は、推理小説をめぐる二人の嗜好を色濃く反映している。

ナサニエル・ホーソーン「ヒギンボタム氏の災難」(一八三七)
エドガー・アラン・ポー「盗まれた手紙」(一八四四)
ロバート・ルイス・スティーヴンソン「マッカラーズ氏と師の旅」(一八八九、『バラントレーの若殿』の一部)
アーサー・コナン・ドイル「赤毛組合」(一八九一)
ジャック・ロンドン「千度もの死」(一八九九)

ギヨーム・アポリネール「アムステルダムの水夫」(一九〇七)
G・K・チェスタトン「園丁ゴーの誉れ」(一九一一)
イーデン・フィルポッツ「鉄のパイナップル」(一九二七)
ロナルド・ノックス「密室の行者」(一九三一)
アンソニー・バークレー「偶然の審判」(一九二八)
ミルワード・ケネディ「審議の終わり」(一九四一)
エラリー・クイーン「一ペニー黒切手の冒険」(一九三三)
カルロス・ペレス・ルイス「三十歩」(不明)
ジョルジュ・シムノン「七分間の夜」(一九三八)
マヌエル・ペイロウ「眠った剣」(一九四三)
ホルヘ・ルイス・ボルヘス「死とコンパス」(一九四二)

フランス語圏のアポリネールとシムノン、アルゼンチンのペイロウとボルヘスが含まれているもの(ちなみに、カルロス・ペレス・ルイスは、ボルヘスの友人だった作家マセドニオ・フェルナンデスの知人とされているが、いかなる文学事典にもこの人物に関する記載はなく、どうやらビオルヘスが捏造した作家と考えたほうがいいようだ)、選定作品が英語圏の〈古典的〉推理小説に偏っていることは明らかだろう。

この選集の成功に乗じてエメセー社が推理小説コレクションを企画すると、ビオルヘスは、イギリスの文芸雑誌「タイムズ・リテラリー・サプルメント」などを情報源に、早速その準備に取り掛かった。選書に際しては、方々から推薦作が持ち寄られて二人が困惑することもあったようだが、ダンテの『神曲』で暴力者の地獄として描かれた〈第七圏〉というタイトル、チェスのナイトを象ったエンブレム、翻訳者の選定等、様々な局面でボルヘスがリーダーシップを発揮し、早くも一九四五年初頭からコレクションの刊行が始まった。記念すべき第一作となったのは、日本でも人気の高いニコラス・ブレイクの代表作『野獣死すべし』(一九三八)であり、ビオルヘスの盟友ファン・ロドルフォ・ウィルコックの名訳にも助けられて、直後に「スール」に絶賛の書評が出るなど、大評判をとった。続く第二作はボルヘスが強く推したジョン・ディクスン・カー『緑のカプセルの謎』(一九三九)、第三作はビオイのお気に入りだったマイケル・イネス『ある詩人への挽歌』(一九三八)であり、いずれも好調な売り上げを記録したことで、出版社はこの企画の全面的バックアップに乗り出した。同じ頃、エメセー社は折よくグラフィック工房と印刷所の買収に着手しており、印刷のスピードと部数を格段に引き上げられる状態にあったことは、大きな幸運だったと言えるだろう。一九四五年を通じて月一冊以上のペースで刊行されたことで、同年中だけでコレクションは十六点を数え、翌一九四六年には、『愛する者は憎む』を含む十八点が刊行された。当初の発行部数は初版四千部程度だったようだが、次第にその部数は引き上げられ、『愛する者は憎む』では初版一万一千部、一九五〇年の時点では、平均して一万四千部で初版が刊行された。この時代に平均発行部数が一万部以上となれば、出版社に大きな利益となったことは言うまでもない。再版される作品も多かったばかりか、スペインの出版社などから同じ原稿を刊行する権利を買い取る提案も寄せられ、エメセー社に入る収益は発行部数の売り上げだけにとどまらなかった。ビオルヘスは、直接翻訳作業に携わることこそなかったものの、訳文は入念にチェックして読みやすい文章となるよう気を配り、また、冒頭の作者紹介や裏表紙の作品紹介を通じて読者の興味を引くよう努めた。煩雑な作業を伴いはしたものの、一九五六年まで二人にかなりの報酬がエメセー社から直接支払われたばかりか、ビオイも回想しているとおり、自分たちの愛読する推理小説を次々と刊行する仕事は二人にとって愉楽の時だったようで、まさに趣味と実益を兼ねた企画だった。

推理小説というジャンルに対するビオルヘスの理念については、〈第七圏〉の創刊に際して二人がしたためた文章が残っており、少々長くなるが、貴重な資料でもあるので、以下に全文を翻訳することにしよう。

推理小説というジャンルについて

アドルフォ・ビオイ・カサーレス、ホルヘ・ルイス・ボルヘス現代に発明された稀有な文学ジャンルの一つに数えられる「推理小説」は、ともすれば、厳格さと明晰さにおいて劣るもう一つの文学ジャンル、「冒険小説」と混同されてしまう。冒険小説においては、同一の主人公が様々な出来事を体験するという意味での一貫性と、読者の感情を適切に調節するための秩序以外、何も必要とされるものはないが（シンドバッドの七つの冒険やドン・キホーテの愛読した小説を想起すればいい）、推理小説には非常に緻密な構成が必要とされる。すべてが結末の予告とならねばならないが、それでいて、次々と現れる予告は、古代世界における神託のごとく、神秘に包まれていなければならない。すなわち作者は、提起された問題を解決しながら、それによって読者を驚かせるという、二重の偉業を達成せねばならない。余計な登場人物の挿入や共犯者の後付け、必須情報の隠匿といった手法で謎を複雑化させることは許されない。完全に機械的な問題解決も禁じられており、錠前を無効にする電磁力、正体を隠すための安易な付け髭、読者の理解を超えるほど複雑な説明を要する機械仕掛けの導入も認められない。また、専門家しか知らない薬物や想像上の毒物による未知の中毒を持ち出すことも、登場人物に催眠術、アクロバット、千里眼、並外れた射撃術等の特殊能力を授けることも許されない。

短編であれ長編であれ、推理小説にはアクションの一貫性が不可欠であり、話を時間的・空間的に広げすぎることは推奨されない。ロマン主義的嗜好が垣間見えることはあれ、推理小説は本質的に古典主義的なジャンルであり、死でさえも控え目に描かれる。死が物語から消えることはほぼ皆無で、往々にして筋立ての出発点として中心に据わるが、死から病的快楽を引き出すような真似はすべきでない。アメリカ合衆国の一部流派にはこの傾向が見られるが、それは「冒険小説」への退行を意味している。

推理小説は極めて高貴な伝統を汲んでいる。一八三七年に書いた短編でホーソーンが先鞭をつけた後、偉大なる詩人エドガー・アラン・ポーが一八四一年にこのジャンルを創始し、ウィルキー・コリンズ、ディケンズ、スティーヴンソン、チェーホフ、エサ・デ・ケイロス、アーノルド・ベネット、イズレイル・ザングウィル、チェスタトン、フィルポッツなどが開拓を続けている。一部の批評家が推理小説にしかるべき格式を認めようとしないのは、退屈させないというこのジャンルの特質に起因する部分があるようだ。おかしなことに、容赦なくこのジャンルを断罪する者ほど、実際に読んでみると物語にのめり込むことになる。単なる娯楽が有意義な行為にはなりえない、そんな暗黙のピューリタン的理念に囚われる人がいまだに多いということだろうか。

この文学ジャンルの魔力は強く、推理小説と何の接点もない物語文学は皆無に等しいうえ、その面白さにまったく無関心でいられる読者もほぼいないと言っていいだろう。初めて読む推理小説に人が惚れ込むのは世の常であり、異常でも不当でもありうるこうした盲目的賞賛こそ、このジャンルに向けられた無意識のオマージュにほかならない。

これまで推理小説を分析してきた研究者たちは、その意図とは裏腹に、むしろこのジャンルを汚しており、プロットのメカニズム――誰が、どのように、なぜ――にこだわりすぎるあまり、小説作品の成否を決めるのはプロットであって他の要素は関係しない、そんな誤った信条を流布させぬまでも許容している。こうした議論を唱える者たちがどうやら見逃しているのは、登場人物の心理や効果的な会話、力強い描写や文体といった要素が推理小説において重要な役割を果たしているという事実だろう。短編であれ長編であれ、推理小説は一にも二にも「小説」なのだ。

数あるフィクションの形態のうち、作者の緻密さが最も必要とされるのは推理小説であり、余計な文章や細部の挿入は許されない。作品全体を遅滞も停止もなく結末へ向かって進めながら、特定の部分を強調することなく示唆し、省略することなく隠さねばならない。

読者の感情を巧みに誘導する点で、このジャンルは祈禱や演劇に比肩すると言えるかもしれない。とはいえ、受動的で簡単に誘導される聴衆ではなく、個々の読者（スティーヴンソンが述べたとおり、彼らは常に作者より鋭い見識を備えている）を相手にする点で、推理小説作家の仕事のほうがはるかに骨が折れると主張しても、自惚れにはなるまい。

かつては、図表や地図や時刻表を悪戯に弄して読者の頭を悩ませる類の作品ばかり書かれた時代があったが、幸いにして、今ではそれも過去の話となり、物語の重心は機械や地形をめぐる議論から人間的問題に移行している。

我々の見るところ、今や推理小説は、アルゼンチンはもとより世界中で様々な文学に有益な影響をもたらしており、物語における構成、明晰、秩序、節度の重要性を声高に擁護していると言えるだろう。

一九八四年まで、約四十年にわたり三百六十六点を刊行する長寿企画となった〈第七圏〉のうち、ビオルヘスが直接選定に関わったとされるのは最初の百二十点だが、そのリストを見れば、ここに打ち出された二人の理念が鮮明に浮かび上がってくる。コリンズの二作、『月長石』(no.23［一八六八］)と『白衣の女』(no.30［一八六〇］)を筆頭に、ディケンズ『エドウィン・ドルードの謎』(no.70［一八七〇］)、チェーホフ『狩場の悲劇』(no.9［一八八四］)、そしてフィルポッツにいたっては、『赤毛のレドメイン家』(no.42／一九二二)や『闇からの声』(no.80［一九二五］)など五点が選ばれているほか、ジョン・ディクスン・カー(十点)、ニコラス・ブレイク(八点)、パトリック・クェンティン(八点)、アントニー・ギルバート(七点)、マイケル・イネス(三点)、ミルワード・ケネディ(二点)など、その中核を成すのは、「構成、明晰、秩序、節度」を備えた王道の〈謎解き型〉推理小説だった(ただし、ボルヘスの偏愛していたチェスタトン短編集、ビオイが高く評価していたミルワード・ケネディ『救いの死』、二人揃って惚れ込んだアガサ・クリスティー『アクロイド殺人事件』など、版権上の問題でコレクションに加えることができなかった作品は多い)。また、二人が推理小説の黄金時代に確立された〈ゲームの規則〉に精通していたことも明らかであり、この文章に列記された禁じ手を見れば、有名な「ノックスの十戒」(一九二八)や「ヴァン・ダインの二十則」(一九二八)を意識していたことが推察される。その一方、米国のいわゆる〈ハードボイルド〉路線は明らかに敬遠されており、有名な『郵便配達は二度ベルを鳴らす』(no.11[一九三四])を含むジェイムズ・ケインの作品が三点刊行されているものの、当時すでにラテンアメリカでも話題になり始めていたダシール・ハメットやレイモンド・チャンドラーはリストに含まれていない。

また、この文章でも示唆されているとおり、一九四〇年代までのアルゼンチンには推理小説への根強い不信が残っており、このジャンルを手掛ける作家が少なかったこともあってか、国内作家の作品は、『愛する者は憎む』と、ビオルヘスの盟友マヌエル・ペイロウの『薔薇の轟き』(no.48/一九四八)しか刊行されていない。だが、〈第七圏〉の成功とともに推理小説に対する理解は着実に深まり、「スール」や「フィクシオン」といった文芸雑誌はもちろん、「ラ・ナシオン」など有力新聞の文芸欄でも関連記事や推理小説の書評が取り上げられるにつれて、一般読者や作家の見方も次第に変わっていった。ビオルヘスが〈第七圏〉から勇退する直前の一九五五年、中堅のクラフト社から刊行された〈国産推理小説〉『十時のロサウラ』が空前のベストセラーを記録すると、このジャンルに取り組むアルゼンチン人作家は以後急増することになる。この小説の作者マルコ・デネービが、ビオルヘスを師と仰ぎ、〈第七圏〉を愛読していた事実を踏まえれば、ビオルヘス肝煎りのこの企画は、それまで翻訳文学でしかなかった推理小説をアルゼンチン文学に組み込む橋渡し役を担ったと言っていいだろう。

## ペロニズムの混乱と推理小説のユートピア

多くの批評家・研究者が論じたとおり、〈第七圏〉の刊行開始から『十時のロサウラ』がベストセラーとなるまでの約十年間が、扇動的ポピュリストとして名高いファン・ドミンゴ・ペロンの大統領在任期間（一九四六－五五）とほぼ重なっているという事実は注目に値する。エビータというカリスマ的ファースト・レディの支えを得て、ムッソリーニ流のナショナリズム的大衆動員術とばら撒き型の貧困対策を組み合わせることで政権の基盤を確立したペロン大統領は、タンゴなどの大衆文化を庇護する一方で、就任当初から富裕層とエリート主義的文化に露骨な敵対心を向けた。ボルヘスはペロン政権発足とともにブエノスアイレス市立図書館長の地位を追われて左遷され、ビクトリア・オカンポは、一九五三年、特に理由もなく官憲に拘束されて投獄の憂き目を見ている。労働運動の活発化とデモ行進の頻発によって街の平穏は掻き乱され、当時を振り返ってフリオ・コルタサルが述懐した言葉を借りれば、知的エリート層にとっては、「民衆の暴走を前に、常に侵略を受けているような気分だった」。出版業界は相変わらず成長を続けていたが、一九四七年には、刊行点数の最低一〇パーセントをアルゼンチン人作家の作品とするよう出版社に義務付ける法律が成立するなど、政府による理不尽な制約が課されることはしばしば起こった。

ビオルヘスを筆頭に、知的エリート層を結集した「スール」の執筆陣はほぼ完全に反ペロン派で占められていたが、文学研究者フラビア・フィオルッチが示したとおり、ペロン在任中に政治関連の論考が誌面に現れることは皆無に等しく、「この雑誌が知的反対派の声を担ったわけではない」。また、ビオルヘス個人に関しても、この期間に公の場で政治的発言を行った形跡は見当たらない。むしろ、「スール」は以前にも増して欧米と国内の文化動向を紹介する啓蒙雑誌の役割に徹し、ビオルヘスはそれまでどおり文学談議と創作に打ち込んでいたと言えるだろう。もちろんこうした態度の裏側に、検閲を回避するための自粛、さらには投獄への恐怖といった側面があることは否定すべくもないが、この時期にビオルヘスのみならず多くのエリート知識人が推理小説にのめり込んだという現象については、別の観点から検証してみる必要がある。

推理小説評論の古典として知られる『娯楽としての殺人』(一九四一、邦訳は林峻一郎、国書刊行会、一九九二年)において作者ハワード・ヘイクラフトは、推理小説がファシズム政権下のイタリアとドイツで発禁となった事実に注目し、「探偵小説は本質的に民主的な慣習の産物であり、また今までずっとそうでありつづけてきた」と述べている。これは鋭い指摘であり、確かに、論理的思考に基づいて誰もが納得できる証明を示すことで真に罰されるべき者を突き止めるという推理小説の本質は、公平な裁判を受ける権利という民主主義の根幹と繫がっている。ところが、「探偵行為と探偵小説は、民主的な伝統の強さと国家の本質的な寛大さに比例して栄える」というヘイクラフトの指摘は、少なくとも「探偵小説」に関するかぎり、権威主義の色濃いペロン政権下のアルゼンチンにはあてはまらない。それどころか、「政府が法的に公認のギャング主義と力による支配」を押し進める状況下で、推理小説の古典的名作が次々と刊行されて人気を博していたのだ（ペロン政権が推理小説を検閲の対象とすることはなかった）。この逆説を解き明かすためには、二十世紀前半のアルゼンチンにおけるフィクションの役割と位置づけを踏まえておかねばならない。

何もない大平原パンパに建設され、十九世紀後半に〈偽物のパリ〉となったブエノスアイレスが宿命的な「フィクション性」を背負っていることを指摘したのは、メキシコの文豪カルロス・フエンテスであり、彼によれば、だからこそアルゼンチン人にとって、フィクションは救いの場、ユートピアとなりうる。「忌まわしい十年」と今もなお呼ばれ続ける一九三〇年代、アルゼンチンが政治的・経済的・社会的混乱期に差し掛かると、この傾向はいっそう鮮明になり、現実世界と無縁に強固な秩序に支えられた自立的虚構世界として、フィクション＝幻想文学が立ち現れてきた。その代表作がビオイの名作『モレルの発明』（一九四〇）であり、現実世界と虚構世界を転倒させるこの作品の結末は、多くのアルゼンチンの憧憬を体現している。一九四〇年代半ばから興隆するペロニズムは、知的エリート層にとっては忌まわしい時代の継続であり、ユートピアというフィクションの位置づけはいっそう広く社会に根づいていくが、そこに俄かに現れたのが黄金時代の推理小説だった。『娯楽としての殺人』と並ぶ推理小説論の名著『ブラッディ・マーダー』(一九七二、邦訳は宇野利泰、新潮社、二〇〇三年)においてイギリスの評論家ジュリアン・シモンズは、「英米系の探偵小説の顕著な特徴」として、「法と秩序の側に堅固な足場を築いていること」、「現実からの逃避」、「観念上でのみ在りうる原初の、無垢の世界への回帰」、「「上層の知識ある人々」の読みもの」、「保持するに足りうる社会上の地位を謳歌する人々に安心感を与えること」、「静的に安定した社会」を強調するストーリーを備えていること、「明らかに虚構のゲーム」であること、などを挙げているが、このリストを見れば、推理小説がアルゼンチンでも知的エリート層の嗜好に合致することは容易に理解できるだろう。だが、ペロン政権に生活の基盤を脅かされていたうえ、第二次世界大戦の影響でかつてのように簡単にヨーロッパへ逃れるわけにもいかず、行き場を失っていたこの時期のアルゼンチンのエリート層にとって、推理小説が単なる「虚構のゲーム」以上の存在意義を持ったことを見逃してはなるまい。この時代を振り返ってビクトリア・オカンポが言い放った「私たちの生活は悪い夢になっていた」という言葉は、ペロン政権に抑圧された知的エリート層の心理状態を雄弁に物語っているが、裏を返せば、彼らが求めていたのは、現実世界を「悪い夢」として片づけることを可能にするほど強固な秩序を備えた別世界だった。推理小説の読書とともに出来上がる、知性と理性と品性に満ちた民主主義的虚構世界は、単なる逃げ場ではなく、悪夢でしかない現実世界に代わる安住の地となっていたのだ。一九四五年にボルヘスの「死とコンパス」を論じたアルゼンチンの文豪エルネスト・サバトの言葉を借りれば、推理小説を読むという行為は、「読書の時間」によって「目の前の時間」を封印し、「本物の事物から成る実世界を理念的存在から成る別世界に変えること」だった。「ポーは自分の気が狂わないために探偵小説を創った」という有名な言葉をヘイクラフトは引用しているが、アルゼンチンのエリート層は、現実と虚構の倒錯という狂気の危険を冒してまで推理小説にのめり込んでいたとさえ言えるかもしれない。

### 『愛する者は憎む』――夫婦共作の背景

〈第七圏〉第三十一巻として一九四六年に刊行された『愛する者は憎む』について、ビオイは次のように振り返っている。

『愛する者は憎む』はマル・デル・プラタ滞在中に一カ月余りで書き上げられたが、これは筆の遅い私には異例のことで、その後の人生にも同様の経験はない。我々二人は、人影がまばらになる夏の終わりまでマル・デル・プラタで過ごし、シーズンの終わりに書き始めて、そのまま完成した。執筆形態はボルヘスとの共同作業と似ていて、何か挿話を考案しては、二人のどちらかが締めくくり、それを私が書き留めた。蛇足ながら、シルビナともボルヘスとも、口論や喧嘩になったことは一度もない。どの文章が作品に最もふさわしいかは一目瞭然で、いつもほぼ議論の余地はなかった。

一九三四年に恋仲となり、一九四〇年に正式に結婚したビオイとシルビナは、当時の富裕層の例に違わず、夏のバカンス期間をブエノスアイレス近郊の保養地マル・デル・プラタで過ごすことが多く、一九四二年には、夫婦で専用の別荘「シルビナ邸」を購入している。ボルヘスもしばしばこの別荘に招待されたほか、ビクトリア・オカンポもすぐ近くに別荘を構えており、社交の機会には事欠かなかったらしく、この頃撮影された集合写真なども残っている。『愛する者は憎む』の舞台となった「海の森」のモデルは、マル・デル・プラタから海岸沿いに北へ進んだところにあるオステンデであり、この砂丘地帯の保養地には、一九一三年、「ホテル・ニュー・オステンデ」ならぬ「ホテル・オールド・オステンデ」が建設されている。一九四三年には、植林の開始とともにリゾート地として本格的な開発が始まるが、ビオイ夫妻が初めてこの地を訪れた頃は、まだ閑散とした小村だった。ビオイ夫婦も投宿したホテル・オールド・オステンデには、一九二九年から翌年にかけて、二度にわたりフランスの文豪サン゠テグジュペリが滞在して『夜間飛行』（一九三一）を執筆しており、彼が泊まった五十一号室は現在も一般向けに公開されている。

ビオイの記憶が曖昧なこともあり、『愛する者は憎む』の執筆年を正確に特定することは難しいが、作中で女性の登場人物が推理小説の翻訳に励んでいる状況を見れば、〈第七圏〉がすでに進行していた一九四五年と考えるのが妥当だろう。すでに様々な研究で指摘されているとおり、創刊当初から〈第七圏〉の翻訳者には女性が多く、作中でも言及されるフィルポッツの作品では、ボルヘスの母レオノーラ・アセベドが『ディグウィード氏とラム氏』（no.12［一九三三］）を担当している。また、第二巻『緑のカプセルの謎』の翻訳を担当した才女マルタ・アコスタ・バン・プラエットは、フィルポッツの『七人』（no.37［一九四四］）と『赤毛のレドメイン』（no.42［一九二二］）のほか、グレアム・グリーン『恐怖省』（no.15［一九四三］）など多くの作品を手掛けた。ビオルヘス、とりわけボルヘスと個人的に親しかった女性も多く含まれており、〈第七圏〉の創刊前後に彼が結婚を視野に付き合っていた女流作家エステラ・カントが、リチャード・ハル『私自身の殺し屋』（no.10［一九四〇］）やジョン・ディクスン・カー『蠟人形館の殺人』（no.18［一九三二］）など五点の翻訳を担当しているほか、彼が若い頃に思いを寄せたとされる作家ノラ・ランジの妹アイデー・ランジ（コーラ・ジャレット『池の上の夜』（no.24［一九三二］）を担当）、著名思想家ホセ・インヘニエロスの娘で、一九四〇年代初頭にボルヘスが真剣に求婚したとされるセシリア・インヘニエロス（名短編「エマ・ツンツ」のネタを提供したのは彼女だとボルヘス自身が証言している。ヒュー・ウォルポール『暗い広場の上で』（no.35［一九三一］）を担当）、ビオルヘスの親友で、一九六〇年代にはベストセラー作家となるシルビナ・ブルリッチ（グレアム・

グリーン『第三の男／落ちた偶像』〔no.72〔一九五〇〕〕を担当）らが名前を連ねている。『愛する者は憎む』において、登場人物の一人を推理小説の女流翻訳家に仕立て、彼女の蔵書や原稿を謎解きの一部に組み込むというアイデアは、実生活におけるこうした女性たちとの付き合いから生まれたものだと考えられる。ちなみに、本文中にフィルポッツの一節として引用されている部分に関しては、私自身できるかぎり調べてみたが、該当作品がどれなのか、そもそも本当にフィルポッツの引用なのか、確かめることはできなかった。熱心な推理小説ファンのご教示を請うばかりだ。

刊行当初こそ大きな反響を呼ぶことはなかったものの、その後「アルゼンチン推理小説の先駆的作品」という評価が定まったこの作品を今改めて手に取ってみると、色褪せることのないその独創性に驚かされる。確かに、ボルヘスの名作短編「死とコンパス」ほど厳密な構成を備えていないことは明らかで、謎解きという観点からすれば不要とも思える細部が多いものの、そのぶん「登場人物の心理や効果的な会話」は豊かに肉付けされているうえ、現実と推理小説を混同する語り手の失態、さらには、推理小説作家のみならずペトロニウス、ヴィクトル・ユゴー、トーマス・マンといった作家への言及などが作品に独特の趣向を添えている。また、安部公房の『砂の女』にも通じる舞台設定は絶妙で、息の詰まるようなストーリー展開を見事に引き立てている。推理小説の犯人をここで明かすような野暮な真似はしないが、何と言っても特筆すべきは、シルビナの趣味を強く反映していると思われる意外な結末、そしてそれに続く結びの段落だろう。この部分の記述が、小説のタイトルともあいまって、度重なるビオイの浮気によって緊張と不信に晒され続けることになるビオイ夫婦の未来を暗示しているように思われる、とまで言ってしまっては勘繰りが過ぎるだろうか。二人の風変わりな夫婦生活については、『復讐の女／招かれた女たち』の「訳者解題」と『英雄たちの夢』の「訳者あとがき」を参照していただきたい。

翻訳にあたっては、〈第七圏〉の第三十一巻としてエメセー社から一九四六年に刊行された初版のほか、エメセー社の最新版となる二〇一六年の版を使用した。〈ルリユール叢書〉の担当編集者中村健太郎氏をはじめ、この翻訳に直接・間接に関わったすべての方にこの場を借りてお礼を申し上げる。

二〇二四年二月二十八日

## 参考文献


▶Bioy Casares, Adolfo. *Memorias: infancia, adolescencia, y cómo se hace un escritor.* Barcelona: Tusquets, 1994.

▶—. *Borges*. Barcelona: Destino, 2006.

▶Borges, Jorge Luis. *Miscelánea*. Barcelona: Ramdom House Mondadori, 2011.

▶Enriquez, Mariana. *La hermana menor: un retrato de Silvina Ocampo*. Barcelona: Anagrama, 2018.

▶Gamerro, Carlos. *Ficciones barrocas: una lectura de Borges, Bioy Casares, Silvina Ocampo, Cortázar, Onetti y Felisberto Hernández*. Buenos Aires: Eterna Cadencia, 2010.

▶Iglesias, Jovita y Silvia Reneé Arias. *Los Bioy*. Barcelona: Tusquets, 2002.

▶Klingenberg, Patricia N. & Fernanda Zullo-Ruiz. (Ed.) *New Readings of Silvina Ocampo: Beyond Fantasy*. Woodbridge: Tamesis, 2016.

▶Lafforgue, Jorge y Jorge B. Rivera. *Asesinos de papel: ensayos sobre narrativa policial*. Buenos Aires: Colihue, 1996.

▶López, Sergio. *Palabras de Bioy: conversaciones con Sergio López*. Buenos Aires: Emecé, 2000.

▶Moreno, María. "Frente al espejo". *Página Doce* (Buenos Aires). 9 de octubre, 2005.

▶Ocampo, Silvina. *Cuentos completos*. (Prólogo: Laura Ramos) Buenos Aires: Emecé, 2017.

▶Ocampo, Silvina y Adolfo Bioy Casares. *Los que aman, odian*. Buenos Aires: Emecé, 1946.

▶—. *Los que aman, odian*. Buenos Aires: Emecé, 2016.

▶Saítta, Sylvia (directora). *Historia crítica de la literatura argentina: el oficio se afirma* (Volumen 9). Buenos Aires: Emecé, 2004.

▶Sarlo, Beatriz. "Si no hubiera existido Borges". *La Nación* (Buenos Aires). 10 de junio, 2011.

▶Sorrentino, Fernando. *Siete conversaciones con Adolfo Bioy Casares*. Buenos Aires: Sudamericana, 1992.

▶—. *Siete conversaciones con Jorge Luis Borges*. (Segunda edición) Buenos Aires: El Ateneo, 1996.

▼Ulla, Noemí. *Encuentros con Silvina Ocampo.* Buenos Aires: Belgrano, 1982.

▼シモンズ、ジュリアン『ブラッディー・マーダー――探偵小説から犯罪小説への歴史』宇野利泰訳、新潮社、二〇〇三年。

▼ヘイクラフト、ハワード『娯楽としての殺人――探偵小説・成長とその時代』林峻一郎訳、国書刊行会、一九九二年。

［著者略歴］

**シルビナ・オカンポ**［Silvina Ocampo 1903–93］

一九〇三年、六人姉妹の末娘（長女はビクトリア・オカンポ）として、ブエノスアイレスの貴族的家庭に生まれる。一九〇八年に初めて渡欧、二〇年代にはレジェやデ・キリコとともに絵を学ぶ。帰国後、姉の創刊した雑誌「スール」に協力、三二年にビオイ・カサーレス（四〇年に彼と結婚）と知り合った後、文学に転向。三七年発表の短編集『忘れられた旅』以後、詩集や短編集の発表を続け、五四年にブエノスアイレス市文学賞を受賞。九三年にブエノスアイレスで歿した。

**アドルフォ・ビオイ・カサーレス**［Adolfo Bioy Casares 1914–99］

一九一四年、大農園主の一人息子としてブエノスアイレスに生まれる。幼少期から文学を愛読し、三二年にホルヘ・ルイス・ボルヘスと知り合った後、創作活動に従事。四〇年にシルビナ・オカンポと結婚、同年刊行の長編小説『モレルの発明』が国内外で反響を呼ぶ。以後、『脱獄計画』（一九四五）、『英雄たちの夢』（一九五四）などの長編や『影の側』（一九六二）などの短編集を定期的に発表。九〇年セルバンテス賞受賞。九八年にブエノスアイレスで歿。二〇〇六年に生前の日記『ボルヘス』が刊行された。

［訳者略歴］

**寺尾隆吉**［てらお・りゅうきち］

一九七一年、名古屋市生まれ。東京大学大学院総合文化研究科博士課程修了、学術博士。現在、早稲田大学社会科学総合学術院教授。専門は二十世紀のラテンアメリカ小説。著書に『ラテンアメリカ文学入門』（中公新書）、『一〇〇人の作家で知るラテンアメリカ文学ガイドブック』（勉誠出版）など。訳書にマルティン・ルイス・グスマン『ボスの影』（幻戯書房）、ホセ・ドノソ『別荘』（現代企画室）、バルガス・ジョサ『水を得た魚』（水声社）など多数。

〈ルリユール叢書〉
愛《あい》する者《もの》は憎《にく》む

二〇二五年三月一〇日　第一刷発行

著　者　S・オカンポ／A・ビオイ・カサーレス
訳　者　寺尾隆吉
発行者　田尻　勉
発行所　幻戯書房
郵便番号一〇一－〇〇五二
東京都千代田区神田小川町三－十二　岩崎ビル二階
電　話　〇三（五二八三）三九三四
FAX　〇三（五二八三）三九三五
URL　http://www.genki-shobou.co.jp/
印刷・製本　中央精版印刷


ISBN978-4-86488-318-4 C0397

## 〈ルリユール叢書〉発刊の言

厖大な情報が、目にもとまらぬ速さで時々刻々と世界中を駆けめぐる今日、かえって〈遅い文化〉の意義が目に入りやすくなってきました。例えば、読書はその最たるものです。それというのも読書とは、それぞれの人が自分のリズムで本を読み、日々の生活や仕事、世界が変化する速さとは異なる時間を味わう営みでもあります。人間に深く根ざした文化と言えましょう。

本はまた、ページを開かないときでも、そこにあって固有の時間を生みだすものです。試しに時代や言語など、出自を異にする本が棚に並ぶのを眺めてみましょう。ときには数冊の本のなかに、数百年、あるいは千年といった時間の幅が見いだされるかもしれません。そうした本の背や表紙を目にすることから、すでに読書は始まっています。

気になった本を手にとり、一冊また一冊と読んでいくと、目には見えない書物同士の結び目として「古典」と呼ばれる作品があることに気づきます。先人の知を尊重し、これを古典として保存、継承していくなかで書物の世界は築かれているのです。かつて盛んに翻訳刊行された「世界文学全集」も、各国文学の古典を次代の読者へと手渡し、共有する試みでした。

古今東西の古典文学は、書物という形をまとって、時代や言語を越えて移動します。〈ルリユール叢書〉は、どこかの書棚でよき隣人として一所に集う――私たち人間が希望しながらも容易に実現しえない、異文化・異言語・異人同士が寛容と友愛で結びあうユートピアのような――〈文芸の共和国〉を目指します。

また、それぞれの読者にとって古典もいろいろです。私たちは、そのつど本を読みながら、時間をかけた読書の積み重ねのなかで、自分だけの古典を発見していくのです。〈ルリユール叢書〉は、新たな古典のかたちをみなさんとともに探り、育んでいく試みとして出発します。

Reliure〈ルリユール〉は「製本、装丁」を意味する言葉です。
ルリユール叢書は、全集として閉じることのない
世界文学叢書を目指し、多種多様な作品を綴じながら、
文学の精神を紐解いていきます。
一冊一冊を読むことで、読者みずからが〈世界文学〉を
作り上げていくことを願って――

［**本叢書の特色**］

❖名作の古典新訳から異端の知られざる未発表・未邦訳まで、世界各国の小説・詩・戯曲・エッセイ・伝記・評論などジャンルを問わず紹介していきます（刊行ラインナップをご覧ください）。

❖巻末には、外国文学者ならではの精緻、詳細な作家・作品分析がなされた「訳者解題」と、世界文学史・文化史が見えてくる「作家年譜」が付きます。

❖カバー・帯・表紙の三つが多色多彩に織りなされた、ユニークな装幀。

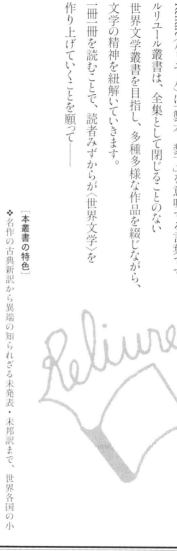

## 〈ルリユール叢書〉刊行ラインナップ

[以下、続刊予定]

| | |
|---|---|
| 心霊学の理論 | ユング＝シュティリング[牧原豊樹＝訳] |
| スカートをはいたドン・キホーテ | ベニート・ペレス＝ガルドス[大楠栄三＝訳] |
| アルキュオネ　力線 | ピエール・エルバール[森井良＝訳] |
| 綱渡り | クロード・シモン[芳川泰久＝訳] |
| デイジー・ミラー／ほんもの | ヘンリー・ジェイムズ[齊藤昇＝訳] |
| 汚名柱の記 | アレッサンドロ・マンゾーニ[霜田洋祐＝訳] |
| エネイーダ | イヴァン・コトリャレフスキー[上村正之＝訳] |
| 故ギャレ氏／リバティ・バー | ジョルジュ・シムノン[中村佳子＝訳] |
| 不安な墓場 | シリル・コナリー[南佳介＝訳] |
| 撮影技師セラフィーノ・グッビオの手記 | ルイジ・ピランデッロ[菊池正和＝訳] |
| 笑う男[上・下] | ヴィクトル・ユゴー[中野芳彦＝訳] |
| ロンリー・ロンドナーズ | サム・セルヴォン[星野真志＝訳] |
| 箴言と省察 | J・W・v・ゲーテ[粂川麻里生＝訳] |
| パリの秘密[1〜5] | ウージェーヌ・シュー[東辰之介＝訳] |
| 黒い血[上・下] | ルイ・ギユー[三ツ堀広一郎＝訳] |
| 梨の木の下に | テオドーア・フォンターネ[三ッ石祐子＝訳] |
| 殉教者たち[上・下] | シャトーブリアン[高橋久美＝訳] |
| ポール＝ロワイヤル史概要 | ジャン・ラシーヌ[御園敬介＝訳] |
| 水先案内人[上・下] | ジェイムズ・フェニモア・クーパー[関根全宏＝訳] |
| ノストローモ[上・下] | ジョウゼフ・コンラッド[山本薫＝訳] |
| 雷に打たれた男 | ブレーズ・サンドラール[平林通洋＝訳] |
| サッフォの冒険／エロストラトの生涯 | アレッサンドロ・ヴェッリ[菅野類＝訳] |

＊順不同、タイトルは仮題、巻数は暫定です。＊この他多数の続刊を予定しています。